Theodor Fontane

Die Poggenpuhls

1894

„Albertine Pogge von Poggenpuhl, Witwe des verstorbenen Majors von Poggenpuhl, lebt mit ihren drei Töchtern in Berlin. Man hält sich so über Wasser, das Geld reicht hinten und vorne nicht. Während die Mutter versucht, dem berühmten Namen gerecht zu werden, entwickelt die Jugend ihren eigenen Plan vom Glück..." *Redaktion Gröls-Verlag* (Edition I Werke der Weltliteratur)

Redaktionelle Hinweise und Impressum

Das vorliegende Werk wurde zugunsten der Authentizität sehr zurückhaltend bearbeitet. So wurden etwa ursprüngliche Rechtschreibfehler regelmäßig *nicht* behoben, denn kleine Unvollkommenheiten machen das Buch – wie im Übrigen den Menschen – erst authentisch. Mitunter wurden jedoch zum Beispiel Absätze behutsam neu getrennt, um den Lesefluss zu erleichtern.

Wir sind bemüht, ein ansprechendes Produkt zu gestalten, welches angemessenen Ansprüchen an das Preis/Leistungsverhältnis und vernünftigen Qualitätserwartungen gerecht wird. Um die Texte zu rekonstruieren, werden antiquarische Bücher von leistungsfähigen Lesegeräten gescannt und dann durch eine Software lesbar gemacht. Der so entstandene Text wird von Menschen gegen eine Aufwandsentschädigung gegengelesen und korrigiert – Hierbei können gelegentlich Fehler auftreten. Wenn Sie ebenfalls antiquarische Texte einreichen möchten, wenden Sie sich für weitere Informationen gerne an

www.groels.de

Informieren Sie sich dort auch gerne über die anderen Werke aus unserer

Edition l Bedeutende Werke der Weltliteratur

Sie werden es mit 98,067 %iger Wahrscheinlichkeit nicht bereuen.

Die Deutsche Nationalbibliothek verzeichnet dieses Werk in der Deutschen Nationalbibliografie.

Verleger: Marcel Hermann-Josef Gröls, Poelchaukamp 20, 22301 Hamburg.
Externer Dienstleister für Distribution und Herstellung: BoD, In de Tarpen 42, 22848 Norderstedt

Inhalt

Erstes Kapitel

Die Poggenpuhls – eine Frau Majorin von Poggenpuhl mit ihren drei Töchtern Therese, Sophie und Manon – wohnten seit ihrer vor sieben Jahren erfolgten Übersiedelung von Pommersch-Stargard nach Berlin in einem gerade um jene Zeit fertig gewordenen, also noch ziemlich mauerfeuchten Neubau der Großgörschenstraße, einem Eckhause, das einem braven und behäbigen Manne, dem ehemaligen Maurerpolier, jetzigen Rentier August Nottebohm gehörte. Diese Großgörschenstraßen-Wohnung war seitens der Poggenpuhlschen Familie nicht zum wenigsten um des kriegsgeschichtlichen Namens der Straße, zugleich aber auch um der sogenannten "wundervollen Aussicht" willen gewählt worden, die von den Vorderfenstern aus auf die Grabdenkmäler und Erdbegräbnisse des Matthäikirchhofs, von den Hinterfenstern aus auf einige zur Kulmstraße gehörige Rückfronten ging, an deren einer man, in abwechselnd roten und blauen Riesenbuchstaben, die Worte "Schulzes Bonbonfabrik" lesen konnte. Möglich, ja sogar wahrscheinlich, daß nicht jedem mit dieser eigentümlichen Doppelaussicht gedient gewesen wäre; der Frau von Poggenpuhl aber, einer geborenen Pütter – aus einer angesehenen, aber armen Predigerfamilie stammend -, paßte jede der beiden Aussichten gleich gut, die Frontaussicht, weil die etwas sentimental angelegte Dame gern vom Sterben sprach, die Rückfrontaussicht auf die Kulmstraße aber, weil sie beständig an Husten litt und aller Sparsamkeit ungeachtet zu gutem Teile von Gerstenbonbons und Brustkaramellen lebte. Jedesmal, wenn Besuch kam, wurde denn auch von den großen Vorzügen dieser Wohnung gesprochen, deren einziger wirklicher Vorzug in ihrer großen Billigkeit und in der vor mehreren Jahren schon durch Rentier Nottebohm gemachten Zusicherung bestand, daß die Frau Majorin nie gesteigert werden würde. "Nein, Frau Majorin", so etwa hatte sich Nottebohm damals geäußert, "was dieses angeht, so können Frau Majorin ganz ruhig sein und die Fräuleins auch. Gott, wenn ich so alles bedenke... verzeihen Frau Majorin, das Manonchen war ja noch ein Quack, als Sie damals, zu Michaeli, hier einzogen..., un als Sie dann Neujahr runterkamen und die erste Miete brachten und alles noch leer stand von wegen der nassen Wände, was aber ein Unsinn is, da sagte ich zu meiner Frau, denn wir hatten es damals noch nich: ›Line‹, sagte ich, ›das is Handgeld und bringt uns Glück.‹ Und hat auch wirklich. Denn von dasselbe Vierteljahr an war nie was leer, un immer reputierliche Leute – das muß ich sagen... Und dann, Frau Majorin, wie werd ich denn grade bei Ihnen mit so was anfangen... ich meine mit das Steigern. Ich war ja doch auch mit dabei; Donnerwetter, es war eine ganz verfluchte Geschichte. Hier sitzt mir noch die Kugel; aber der Doktor sagt: sie würde schon mal rausfallen und dann hätt ich ein Andenken." Und damit schloß Nottebohm eine Rede, wie er sie länger nie gehalten und wie sie die gute Frau Majorin nie freundlicheren Ohres gehört hatte. Das mit dem "Dabeigewesensein" aber bezog sich auf Gravelotte, wo Major von Poggenpuhl, spät gegen Abend, als die pommersche Division herankam, an der Spitze seines Bataillons, in dem auch Nottebohm stand, ehrenvoll gefallen war. Er, der Major, hinterließ nichts als einen guten alten Namen und drei blanke Krönungstaler, die man in seinem Portemonnaie fand und später seiner Witwe behändigte. Diese drei Krönungstaler waren, wie das Erbe der Familie, so selbstverständlich auch der Stolz derselben, und als sechzehn Jahre später die erst etliche Monate nach dem Tode des Vaters geborene jüngste Tochter Manon konfirmiert werden sollte, waren aus den drei Krönungstalern – die bis dahin zu konservieren keine Kleinigkeit gewesen war – drei Broschen angefertigt und an die drei Töchter zur Erinnerung an diesen Einsegnungstag überreicht worden. Alles unter geistlicher Mitwirkung und Beihilfe. Denn Generalsuperintendent Schwarz, der die Familie liebte, war am Abend des Konfirmationstages in die Poggenpuhlsche Wohnung gekommen und hatte hier die in Gegenwart einiger alter Kameraden und Freunde stattfindende Broschenüberreichung fast zu einer kirchlichen Zeremonie, jedenfalls aber zu einer Feier erhoben, die sogar dem etwas groben und gegen die "Adelspackage" stark eingenommenen Portier Nebelung imponiert und ihn, wenn auch nicht geradezu bekehrt, so doch den wohlwollenden Gesinnungen seines Haus- und Brotherrn Nottebohm um etwas näher geführt hatte.

Wie sich von selbst versteht, war auch die Poggenpuhlsche Wohnungseinrichtung ein Ausdruck der Verhältnisse, darin die Familie nun mal lebte; von Plüschmöbeln existierte nichts und von Teppichen nur ein kleiner Schmiedeberger, der mit schwarzen, etwas ausgefusselten Wollfransen vor dem Sofa der zunächst am Korridor gelegenen und schon deshalb als Empfangssalon dienenden "guten Stube" lag. Entsprechend diesem Teppiche waren auch die schmalen, hier und dort gestopften Gardinen; alles aber war sehr sauber und ordentlich gehalten, und ein mutmaßlich aus einem alten märkischen Herrenhause herstammender, ganz vor kurzem erst auf einer Auktion erstandener, weißlackierter Pfeilerspiegel mit eingelegter Goldleiste lieh der ärmlichen Einrichtung trotz ihres Zusammengesuchtseins oder vielleicht auch um dessen willen etwas von einer erlöschenden, aber doch immerhin mal dagewesenen Feudalität. Über dem Sofa derselben "guten Stube" hing ein großes Ölbildnis (Kniestück) des Rittmeisters von Poggenpuhl vom Sohrschen Husarenregiment, der 1813 bei Großgörschen ein Carré gesprengt und dafür den Pour le mérite erhalten hatte – der einzige Poggenpuhl, der je in der Kavallerie gestanden. Das halb wohlwollende, halb martialische Gesicht des Rittmeisters sah auf eine flache Glasschale hernieder, drin im Sommer Aurikeln und ein Vergißmeinnichtkranz, im Winter Visitenkarten zu liegen pflegten. An der andern Wand aber, genau dem Rittmeister gegenüber, stand ein Schreibtisch mit einem kleinen erhöhten Mittelbau, drauf, um bei Besuchen eine Art Gastlichkeit üben zu können, eine halbe Flasche Kapwein mit Liqueurgläschen thronte, beides, Flasche wie Gläschen, auf einem goldgeränderten Teller, der beständig klapperte.

Neben dieser "guten Stube" lag die einfensterige Wohnstube, daran sich nach hinten zu das sogenannte "Berliner Zimmer" anschloß, ein bloßer Durchgang, wenn auch im übrigen geräumig, an dessen Längswand drei Betten standen, nur drei, trotzdem es eine viergliedrige Familie war. Die vierte Lagerstätte, von mehr ambulantem Charakter, war ein mit Rohr überflochtenes Sofagestell, drauf sich, wochenweis wechselnd, eine der zwei jüngeren Schwestern einzurichten hatte. Hinter diesem "Berliner Saal" (Nottebohm selbst hatte den Grundriß dazu entworfen) lag die Küche mitsamt dem Hängeboden. Hier hauste das alte Dienstmädchen Friederike, eine treue Seele, die noch den gnädigen Herrn gekannt und als Vertraute der Frau Majorin alles Glück und Unglück des Hauses und zuletzt auch die Übersiedelung von Stargard nach Berlin mit durchgemacht hatte.

So wohnten die Poggenpuhls und gaben der Welt den Beweis, daß man auch in ganz kleinen Verhältnissen, wenn man nur die rechte Gesinnung und dann freilich auch die nötige Geschicklichkeit mitbringe, zufrieden und beinahe standesgemäß leben könne, was selbst von Portier Nebelung, allerdings unter Kopfschütteln und mit einigem Widerstreben, zugegeben wurde. Sämtliche Poggenpuhls – die Mutter freilich weniger – besaßen die schöne Gabe, nie zu klagen, waren lebensklug und rechneten gut, ohne daß sich bei diesem Rechnen etwas störend Berechnendes gezeigt hätte.

Darin waren sich die drei Schwestern gleich, trotzdem ihre sonstigen Charaktere sehr verschieden waren.

Therese, schon dreißig, konnte (was denn auch redlich geschah) auf den ersten Blick für unpraktisch gelten und schien von allerhand kleinen Künsten eigentlich nur die eine, sich in einem Schaukelstuhle gefällig zu wiegen, gelernt zu haben; in Wirklichkeit aber war sie geradeso lebensklug wie die beiden jüngeren Schwestern und bebaute nur ein sehr andres Feld. Es war ihr, das stand ihr fest, ihrer ganzen Natur nach die Aufgabe zugefallen, die Poggenpuhlsche Fahne hochzuhalten und sich mehr, als es durch die Schwestern geschah, in die Welt, in die die Poggenpuhls nun mal gehörten, einzureihen. In den Generals- und Ministerfamilien der Behren- und Wilhelmstraße war sie denn auch heimisch und erzielte hier allemal große Zustimmung und Erfolge, wenn sie beim Tee von ihren jüngeren Schwestern und deren Erlebnissen in der "seinwollenden Aristokratie" spöttisch lächelnd berichtete. Selbst der alte Kommandierende, der, im ganzen genommen, längst aufgehört hatte, sich durch irgend etwas Irdisches noch besonders imponieren zu lassen, kam dann in eine vergnüglich liebenswürdige Heiterkeit, und der der Generalsfamilie befreundete, schräg gegenüber wohnende Unterstaatssekretär, trotzdem er selber von allerneustem Adel war (oder vielleicht auch eben deshalb), zeigte sich dann jedesmal hingerissen von der feinen Malice des armen, aber standesbewußten Fräuleins. Eine weitere Folge dieser gesellschaftlichen Triumphe war es, daß Therese, wenn es irgend etwas zu bitten gab, auch tatsächlich bitten durfte, wobei sie, wie bemerkt werden muß, nie für sich selbst oder aber, klug abwägend, immer nur um solche Dinge petitionierte, die man mühelos gewähren konnte, was dann dem Gewährenden eine ganz spezielle Befriedigung gewährte. So war Therese von Poggenpuhl.

Sehr anders erwiesen sich die beiden jüngeren Schwestern, die, den Verhältnissen und der modernen Welt sich anbequemend, bei ihrem Tun sozusagen in Compagnie gingen.

Sophie, die zweite, war die Hauptstütze der Familie, weil sie das besaß, was die Poggenpuhls bis dahin nicht ausgezeichnet hatte: Talente. Möglich, daß diese Talente bei günstigeren Lebensverhältnissen einigermaßen zweifelvoll angesehen und mehr oder weniger als "unstandesgemäß" empfunden worden wären, bei der bedrückten Lage jedoch, in der sich die Poggenpuhls befanden, waren diese natürlichen Gaben Tag für Tag ein Glück und Segen für die Familie. Selbst Therese gab dies in ihren ruhigeren Momenten zu. Sophie – auch äußerlich von den Schwestern verschieden, sie hatte ein freundliches Pudelgesicht mit Löckchen – konnte eigentlich alles; sie war musikalisch, zeichnete, malte, dichtete zu Geburtstagen und Polterabenden und konnte einen Hasen spicken; aber alles dies, soviel es war, hätte für die Familie doch nur die halbe Bedeutung gehabt, wenn nicht neben ihr her noch die jüngste Schwester gewesen wäre, Manon, das Nesthäkchen.

Manon, jetzt siebzehn, war, im Gegensatze zu Sophie, ganz ohne Begabung, besaß aber dafür die Gabe, sich überall beliebt zu machen, vor allem in Bankierhäusern, unter denen sie die nichtchristlichen bevorzugte, so namentlich das hochangesehene Haus Bartenstein. Bei dem Kindersegen der Mehrzahl dieser Häuser war nie Mangel an angehenden Backfischen, die mit den Anfängen irgendeiner Kunst oder Wissenschaft bekannt gemacht werden sollten, und ein über die verschiedensten Disziplinen angestrengtes längeres oder kürzeres Gespräch endete regelmäßig mit der leicht hingeworfenen Bemerkung Manons: "Ich halte es für möglich, daß meine Schwester Sophie da aushelfen kann", eine Bemerkung, die sie gern machen durfte, weil Sophie tatsächlich vor nichts erschrak, nicht einmal vor Physik und Spektralanalyse.

So war die Rollenverteilung im Hause Poggenpuhl, aus der sich, wie schon angedeutet, allerlei finanzielle Vorteile herausstellten, Vorteile, die zuzeiten nicht unbeträchtlich über die kleine Pension hinauswuchsen, die den eisernen Einnahmebestand der Familie bildete. Sämtliche drei junge Damen vergaben sich dabei nicht das geringste, waren vielmehr (besonders die zwei jüngeren) ebenso leichtlebig wie dankbar, vermieden es taktvoll, in geschmacklose Huldigungen oder gar in Schmeichelei zu verfallen, und standen überall in Achtung und Ansehen, weil ihr Tun, und das war die Hauptsache, von einer großen persönlichen Selbstlosigkeit begleitet war. Sie brauchten wenig, wußten sich, zumal auf dem Gebiete der Toilette - was aber ein gefälliges Erscheinen nicht hinderte -, mit einem Minimum zu behelfen und lebten in ihren Gedanken und Hoffnungen eigentlich nur für die "zwei Jungens", ihre Brüder, Wendelin und Leo, von denen jener schon ein älterer Premier über dreißig, dieser ein junger Dachs von kaum zweiundzwanzig war. Beide, wie sich das von selbst verstand, waren in das hinterpommersche, neuerdings übrigens nach Westpreußen verlegte Regiment eingetreten, drin schon ihr Vater seine Laufbahn begonnen und am denkwürdigen 18. August in Ruhm und Ehre beschlossen hatte.

Diesen Ruhm der Familie womöglich noch zu steigern war das, was die schwesterliche Trias mit allen Mitteln anstrebte.

Hinsichtlich Wendelins, der ihrem eigenen Bemühen in allen Stücken entgegenkam, besonders auch darin, daß er zu sparen verstand, hinsichtlich dieses älteren Bruders unterlag das Erreichen höchster Ziele kaum einem Zweifel. Er war klug, nüchtern, ehrgeizig, und soviel durch Aufhorchen in dem militär-exzellenzlichen Hause zur Kenntnis Theresens gekommen war, konnte sich's bei Wendelin eigentlich nur noch darum handeln, ob er demnächst in das Kriegsministerium oder in den Generalstab abkommandiert werden würde. Nicht so glücklich stand es mit Leo, der, weniger beanlagt als der ältere Bruder, nur der "Schneidigkeit" zustrebte. Zwei Duelle, von denen das eine einem Gerichtsreferendarius einen Schuß durch beide Backen und den Verlust etlicher Oberzähne eingetragen hatte, schienen ein rasches Sichnähern an sein Schneidigkeitsideal zu verbergen und hätten ebensogut wie Wendelins Talente zu großen Hoffnungen berechtigen dürfen, wenn nicht das Gespenst der Entlassung wegen beständig anwachsender Schulden immer nebenher geschritten wäre. Leo, der Liebling aller, war zugleich das Angstkind, und immer wieder zu helfen und ihn vor einer Katastrophe zu bewahren, darauf war alles Dichten und Trachten gerichtet. Kein Opfer erschien zu groß, und wenn die Mutter auch gelegentlich den Kopf schüttelte, für die Töchter unterlag es keinem Zweifel, daß Leo, "wenn es nur möglich war, ihn bis zu dem entsprechenden Zeitpunkt zu halten", die nächste große Russenschlacht, das Zorndorf der Zukunft, durch entscheidendes Eingreifen gewinnen würde.

"Aber er ist ja nicht Garde du Corps", sagte die Mama.

"Nein. Aber das ist auch gleichgültig. Die nächste Schlacht bei Zorndorf wird durch Infanterie gewonnen werden."

Zweites Kapitel

Es war ein Wintertag, der dritte Januar. Eben kam Friederike von ihrem regelmäßigen Morgeneinkauf zurück, einen Korb mit Frühstückssemmeln in der einen, einen Topf mit Milch in der andern Hand, beides, Semmeln und Milch, aus dem Keller gegenüber. Die Finger, trotz wollener Handschuhe, waren ihr bei der Kälte klamm geworden, und so nahm sie denn beim Eintreten in ihre Küche den Teekessel aus dem Kochloch und wärmte sich an der Glut. Aber nicht lange, denn sie hatte sich, weil sie gegen Morgen noch einmal eingeschlafen war, um eine halbe Stunde verspätet, was natürlich wieder eingebracht werden mußte.

So machte sie sich denn eifrig an ihre vom Brett genommene Kaffeemühle, schüttete, so daß sie nachher nur noch aufzugießen brauchte, das braune Pulver in den Beutel und ging nun, nachdem sie schließlich noch den Teekessel wieder in die Glut gestellt hatte, mit ihrem Holzkorb (dessen Boden übrigens jeden Augenblick herauszufallen drohte) nach vorn, um da das einfensterige Wohnzimmer zu heizen. Hier kniete sie vor dem Ofen nieder und baute Holz und Preßkohlen so kunstgerecht auf, daß es nur eines einzigen Schwefelholzes, allerdings unter Zutat eines aus Zeitungspapier zusammengedrehten Zopfes, bedurfte, den künstlichen Bau in Brand zu setzen. Keine halbe Minute verging, so begann es im Ofen auch wirklich zu knacken und zu knistern, und als Friederike nun wußte, daß es brennen würde, stand sie von ihrem Ofenplatz wieder auf, um sich ihrer zweiten Morgenaufgabe, dem Staubabwischen, zu unterziehen. Hierbei, weil das, was sie leistete, die drei Fräuleins doch nie zufriedenstellte, verfuhr sie, so gewissenhaft sie sonst war, ziemlich obenhin und beschränkte sich darauf, eine über dem Sofa hängende Bilderreihe, die Leo, trotzdem es Zeitgenossen waren, die "Ahnengalerie des Hauses Poggenpuhl" zu nennen pflegte, leidlich blank zu putzen. Drei oder vier dieser Bilder waren Photographien in Kabinettformat; die älteren aber gehörten noch der Daguerreotypzeit an und waren so verblichen, daß sie nur bei besonders günstiger Beleuchtung noch auf ihren Kunstwert hin geprüft werden konnten.

Aber diese "Ahnengalerie" war doch nicht alles, was hier hing. Unmittelbar über ihr präsentierte sich noch ein Ölbild von einigem Umfang, eine Kunstschöpfung dritten oder vierten Ranges, die den historisch bedeutendsten Moment aus dem Leben der Familie darstellte. Das meiste, was man darauf sehen konnte, war freilich nur Pulverqualm, aber inmitten desselben erkannte man doch ziemlich deutlich noch eine Kirche samt Kirchhof, auf welch letzterem ein verzweifelter Nachtkampf zu toben schien.

Es war der Überfall von Hochkirch, die Österreicher bestens "ajustiert", die armen Preußen in einem pitoyablen Bekleidungszustande. Ganz in Front aber stand ein älterer Offizier in Unterkleid und Weste, von Stiefeln keine Rede, dafür ein Gewehr in der Hand. Dieser Alte war Major Balthasar von Poggenpuhl, der den Kirchhof eine halbe Stunde hielt, bis er mit unter den Toten lag. Eben dieses Bild, wohl in Würdigung seines Familienaffektionswertes, war denn auch in einen breiten und stattlichen Barockrahmen gefaßt, während die bloß unter Glas gebrachten Lichtbilder nichts als eine Goldborte zeigten.

Alle Mitglieder der Familie, selbst der in Kunstsachen etwas skeptische Leo mit einbegriffen, übertrugen ihre Pietät gegen den "Hochkircher" – wie der Hochkirch-Major zur Unterscheidung von vielen andern Majors der Familie genannt wurde – auch auf die bildliche Darstellung seiner ruhmreichen Aktion, und nur Friederike, sosehr sie den Familienkultus mitmachte, stand mit dem alten, halb angekleideten Helden auf einer Art Kriegsfuß. Es hatte dies einfach darin seinen Grund, daß ihr oblag, mit ihrem alten, wie Spinnweb aussehenden Staublappen doch mindestens jeden dritten Tag einmal über den überall Berg und Tal zeigenden Barockrahmen hinzufahren, bei welcher Gelegenheit dann das Bild, wenn auch nicht geradezu regelmäßig, so doch sehr, sehr oft von der Wand herabglitt und über die Lehne weg auf das Sofa fiel. Es wurde dann jedesmal beiseite gestellt und nach dem Frühstück wieder eingegipst, was alles indessen nicht recht half und auch nicht helfen konnte, Denn die ganze Wandstelle war schon zu schadhaft, und über ein kleines, so brach der eingegipste Nagel wieder aus, und das Bild glitt herab.

"Gott", sagte Friederike, "daß er da so gestanden hat, nu ja, das war ja vielleicht ganz gut. Aber nu so gemalen ... es sitzt nich und sitzt nich."

Und nachdem sie dies Selbstgespräch geführt und die Ofentür, was immer das letzte war, wieder fest zugeschraubt hatte, tat sie Handfeger und Wischtuch wieder in den Holzkorb und trat leise durch die lange Schlafstube hin ihren Rückzug in die Küche an. Es war aber nicht mehr nötig, dabei so vorsichtig zu sein, denn alle vier Damen waren bereits wach, und Manon hatte sogar den einen nach dem Hof hinausführenden Fensterflügel halb aufgemacht, davon ausgehend, daß vier Grad unter Null immer noch besser seien als eine vierschläfrige Nacht- und Stubenluft.

Keine Viertelstunde mehr, so kam der Kaffee. Die Damen saßen schon vorn in der warmen Stube, die Majorin auf dem Sofa, Therese in ihrem Schaukelstuhl, während Manon, einen Handwerkszeugkasten vor sich, eben diesen Kasten nach einem etwas längeren Nagel, und zwar für den alten, wieder herabgefallenen "Hochkircher", durchsuchte.

"Friederike", sagte die Majorin, "du solltest dich mit dem Bilde doch etwas mehr in acht nehmen."

"Ach, Frau Majorin, ich tu es ja, ich rühr ihn ja beinah nich an; aber er sitzt immer so wacklig... Gott, Manonchen, wenn Sie doch bloß mal einen recht langen fänden oder, noch besser, wenn Sie mal so 'nen richtigen Haken einschlagen könnten. In acht nehmen! Gott, ich denke ja immer dran, aber wenn er denn so mit einmal rutscht, krieg ich doch immer wieder 'nen Schreck. Un is mir immer, als ob er vielleicht seine Ruhe nich hätte."

"Ach, Friederike, rede doch nicht solch dummes Zeug", sagte Therese halb ärgerlich. "*Der*, gerade der. Als ob der seine Ruhe nicht hätte! Was das nur heißen soll! Ich sage dir, *der* hat seine Ruhe. Wenn nur jeder seine Ruhe so hätte. Gut Gewissen ist das beste Ruhekissen. Das weißt du doch auch. Und das gute Gewissen, na, das hat er... Aber wo hast du nur wieder die Semmeln her? Die sehen ja wieder aus wie erschrocken, viel erschrockener als du. Ich mag nicht die Budikersemmeln. Warum gehst du nicht zu dem jungen Karchow, das ist doch ein richtiger Bäcker."

Es war dies eine zwischen dem Mädchen und dem Fräulein jeden dritten Tag wiederkehrende Meinungsverschiedenheit, und Friederike, die vollkommene Redefreiheit hatte, würde auch heute nicht geschwiegen und ihren alten Satz, "daß man es mit den Kellerleuten nicht verderben dürfe", tapfer verteidigt haben, wenn es nicht in diesem Augenblick draußen geklopft hätte. "Der Briefträger", riefen alle drei Schwestern, und gleich danach erschien auch Friederike wieder im Zimmer und brachte die Postsachen: ein Zeitungsblatt unter Kreuzband, eine Holz- und Torfanzeige und einen richtigen Brief. Die Holz- und Torfanzeige flog gleich aufs Ofenblech, das an Sophie adressierte Zeitungsblatt, das wahrscheinlich eine Rezension einiger ihrer eben ausgestellten Aquarellbilder enthielt, wurde beiseite geschoben, und nur der Brief erregte allgemeine Freude. "Von Leo!" riefen die Schwestern und reichten den Brief der Mutter. Diese gab ihn aber an Therese zurück und sagte: "Lies du, Therese. Ein so guter Junge. Aber ich kriege immer einen Schreck. Immer will er was. Und nun ist eben erst Weihnachten gewesen und Neujahr und die Miete..."

"Ach, Mutter, du ängstigst dich immer gleich so. Man sieht doch, daß du keine Soldatentochter bist."

"Nein, bin ich nicht. Und ist auch recht gut so. Wer sollte sonst das bißchen zusammenhalten?"

"Wir."

"Ach, ihr...! Aber nun lies, Therese. Mir schlägt ordentlich das Herz."

"... Liebe Mama! Weihnachten war es nichts. Urlaub hätte mir das Regiment vielleicht gegeben, aber das Reisegeld! Sie reden immer soviel jetzt von billigen Fahrpreisen, aber ich finde sie viel zu hoch, ganz unnatürlich hoch. Und da Wendelin auch sagte, ›'s geht nich, Leo‹, so ging es nicht, und ich habe unten bei Schlächtermeister Funke, meinem Wirte, wie Ihr wißt, die Weihnachtsbescherung mit angesehen. Alles war sehr gerührt, auch Funke. Man sollte es nicht für möglich halten. Denn gerade in der Weihnachtszeit wurde immer geschlachtet, und ich konnte das Gequietsche der armen Biester mitunter gar nicht mehr mit anhören, und Funke immer in Person dabei. Und nun doch gerührt. Übrigens war die frische Wurst und besonders der Preßkopf ganz vorzüglich. In bezug auf Verpflegung bleibt hier in Thorn überhaupt nichts zu wünschen übrig, nur der Geist darbt, und das Herz darbt. Überhaupt scheint darben mein Los. Ach, Mutter, warum bist du keine geborene Bleichröder ... ?"

"Empörend", unterbrach hier Therese ihre Vorlesung. "Wir haben schon Manon mit ihren ewigen Bartensteins, und nun fängt Leo auch noch an."

"Daß wir Bartensteins haben, ist ganz gut. Lies lieber weiter."

"... Also Heiligabend war es nichts. Indessen das Jahr hat auch noch andre große Tage. Der größte aber ist der 4. Januar, wo meine gute Alte, geborene Pütter, geboren wurde. Dieser Tag ist übermorgen, und ich werde gestiefelt und gespornt antreten, um meine Glückwünsche persönlich überbringen zu können."

"Nicht zu glauben. Weihnachten kein Geld, und zwei Tage nach Neujahr, wo doch die vielen Rechnungen kommen, will er die teure Reise machen."

"Es wird sich ja wohl alles aufklären, Mama", sagte Manon. "Und mutmaßlich noch in diesem Briefe. Höre nur weiter."

"... Es geschehen nämlich immer noch Zeichen und Wunder, und mitunter ist es mir, als ob der Unglauben und alle solche häßlichen Zeiterscheinungen abgewirtschaftet hätten. Auch der Adel kommt wieder obenauf, und ganz zuoberst der arme Adel, das heißt also die Poggenpuhls. Denn daß wir diesen in einer Art von Vollendung, oder sag ich Reinkultur, darstellen, darüber kann kein Zweifel sein. Aber zur Sache, wie die Parlamentarier sagen. Und so vernimm denn, am Silversterabend noch ein Bettler (allerdings ein glücklicher, denn wir brachten es im Kasino auf sieben Bowlen in Großformat) und am 1. Januar früh ein Gott, ein Krösus. Krösus ist nämlich immer das Höchste, was man auch Klimax nennt. Schon um zehn klopft es, ich reiße mich aus meinem Morgentraum und empfinde einen gewissen bleiernen Zustand, aber nicht auf lange. Denn wer stand vor mir? Oktavio? Nein, nicht Oktavio. Wir wollen ihn heute lieber Wendelin nennen. Und was er sagte, war das Folgende: ›Leo‹, sagte er, ›du hast Glück. Geldschiff angekommen.‹

›Für mich?‹ frag ich.

›Nein, für dich nicht, wenigstens nicht unmittelbar. Aber doch für mich. Das Militärwochenblatt hat mir heute früh das Honorar geschickt.‹

›Viel?‹ unterbrach ich ihn wieder in höchster Erregung.

›Das Militärwochenblatt schickt immer viel‹, antwortete er ruhig und legte dabei drei Zwanzigmarkscheine vor mich hin. Ich, geblendet, als ob es nicht Scheine, sondern das reine pure Gold wäre, will mich blindlings und dankbar auf ihn losstürzen, aber er wehrt mich vornehm ab und sagt nur: ›Alles deine, Leo; aber nicht zum Verkneipen. Übermorgen früh reist du nach Berlin.‹"

"Der gute Wendelin! Er schickt ihn dir, weil er weiß, daß er dein Liebling ist", unterbrach hier Manon und streichelte der Mama die Hände. Therese aber las weiter: "... ›Vier Uhr nachmittags bist du da, benimmst dich nett und hilfst am andern Morgen den Geburtstag mitfeiern. Nach Kaisers Geburtstag kommt

Mamas Geburtstag. Das ist Poggenpuhlscher Katechismus. Und nun zieh dich an und geh eine Stunde spazieren. Denn du stehst da wie Silvester in seiner letzten Stunde.‹ Unter diesen Worten verließ er mich wie ein Fürst. Und ich werde tun, wie er befohlen hat, und Dienstag nachmittag bei Euch eintreffen. Vier Uhr. Tout à vous ma Reine-mère. Dein glücklicher, verdrehter, wohlaffektionierter Leo I."

Die beiden jüngeren Schwestern klatschten in die Hände, ja, selbst Therese, soviel sie an diesem Übermut auszusetzen hatte, freute sich des Besuchs. Nur die Mutter sagte: "Ja, da soll ich mich nun freuen. Aber kann ich mich freuen? Herkommen wird er ja wohl gerade mit dem Geld, aber wenn er hier ist, müssen wir ihm doch ein paar gute Tage machen, und wenn er auch bescheiden in seinen Ansprüchen ist, so muß er doch den dritten Tag wieder zurück, und dafür müssen wir aufkommen."

"Sprich doch nicht immer davon", sagte Therese.

"Ja, Therese, du denkst immer, ein Livreediener wird dir eine Kassette bringen mit der Aufschrift ›Dem tapferen Hause Poggenpuhl‹, aber das sind alles Märchengeschichten, und der Mann am Schalter, der die Fahrkarten verkauft, ist eine unerbittliche Wirklichkeit."

"Ach, Mama", sagte Sophie, "damit mußt du dir die Vorfreude nicht verderben. Es geschehen noch Zeichen und Wunder, so hat er geschrieben, und wenn sie nicht geschehen, so laß ich mir auf meine letzten Bilder einen Vorschuß geben, und wenn auch das nicht geht, so..."

"Nun, so haben wir immer noch die Zuckerdose", warf Manon ein.

"Ja, die soll jedesmal aushelfen. Aber mit einemmal ist sie doch weg."

"Was schließlich auch nichts täte", fuhr Manon beschwichtigend fort. "Dann schenken uns Bartensteins eine neue; Frau Bartenstein sagte mir noch neulich: ›Liebe Manon, haben Sie denn gar keinen Wunsch?‹ Ja, Mama, so liegt es, Gott sei Dank, und ich bin nur traurig, daß ich heute abend, wenn Leo kaum angekommen ist, auf die Polterabendprobe muß. Aber am Ende könnt ich ihn mitnehmen. Ich habe schon lange meine Gedanken darüber und möchte mich verwetten, daß Flora sich aufrichtig freuen würde."

"Du vergißt immer, daß er des Königs Rock trägt."

"Ach, Therese, das ist ja kleinlich und altmodisch und ganz überholt. Unser Kronprinz ist Kronprinz und trägt auch des Königs Rock, und wenn er noch nicht bei Bartensteins war, so war er doch woanders. Aber ebenso."

"Nun, wir werden ja sehen", sagte Therese, die zwar kritisch zu den Bartensteins stand, aber schließlich auch froh war, daß sie existierten.

Drittes Kapitel

Der nächste Tag kam. Als es am Nachmittag schon dämmerte, hielt eine Droschke vor dem Hause, und Mutter und Töchter sahen alsbald vom Fenster aus, wie Friederike nach vergnüglicher Begrüßung mit Leo den kleinen Offizierskoffer vom Kutscherbock nahm und an Agnes Nebelung vorbei – die, weil sie den Leutnant gern sehen wollte, dicht neben dem Trottoir Aufstellung genommen – auf die Haustür zuschritt. Leo folgte. Schon auf der von den Schwestern en échelon besetzten Treppe wurden Küsse gewechselt, oben aber stand die Mama. "Tag, meine gute Alte", und nun wieder ein Kuß. Allerhand konfuse Sätze, die gar nicht paßten, flogen hin und her, und nun trat Leo von der guten Stube her in das einfensterige Wohnzimmer, legte Paletot und Säbel ab, zupfte vor dem Spiegel seinen etwas raufgerutschten Waffenrock zurecht und sagte, während er sich mit einem strammen Ruck vom Spiegel her umdrehte: "Na, Kinder, da wär ich mal wieder. Wie findet ihr mich?"

"Oh, wundervoll."

"Danke schön. So was tut immer wohl, wenn's auch nicht wahr ist, man kann beinahe sagen, es erquickt. Aber apropos, Erquickung. Trotz der frischen Luft, ich bin kolossal durstig; seit sieben Stunden nichts als eine Sardellensemmel; wenn ihr ein Glas Bier hättet."

"Gewiß, gewiß. Friederike kann ein Seidel echtes holen."

"Nein, nein; nichts holen. Und wozu? Wasser tut's auch", und er stürzte mit einem Zug ein Glas Wasser hinunter, das ihm Manon gereicht hatte. "Brr. Aber gut."

"Du bist so hastig", sagte Manon. "Das bekommt dir nicht. Ich denke, du trinkst nun erst eine Tasse Kaffee. Wir haben jetzt halb fünf. Und um sieben dann einen Imbiß."

"Sehr gut, Manon, sehr gut. Nur die Reihenfolge läßt sich vielleicht ändern. Das Wasser hab ich intus; nehme ich nun auch noch gleich den Kaffee, so gibt das zuviel Flüssigkeit, nutzlose Magenerweiterung, also so gut wie Schwächung. Und man braucht seine Kräfte, oder, sagen wir, das Vaterland braucht sie."

"Du meinst also..."

"Ich möchte mir zu meinen erlauben: Umkehr der Wissenschaft; erst Imbiß, dann Kaffee. Denn wenn mein Durst groß war, mein Hunger kommt gleich danach. In sieben Stunden..."

"Das hast du ja schon gesagt."

"Ja, Wahrheiten drängen sich immer wieder auf. Nun sagt, was habt ihr?"

"Eine Ente."

"Kapital."

"Aber sie hängt noch oben am Bodenfenster und ist auch noch alles dran und drin. Also eine Sache von zwei Stunden..."

"Etwas lange."

"... Doch ich glaube, ich weiß Rat. Wir nehmen die Leber heraus, und in einer Viertelstunde hast du sie gebraten auf dem Teller. Willst du sie mit Apfel oder Zwiebel?"

"Mit beidem. Nur nichts ablehnen, wenn es der Anstand nicht absolut erfordert."

"Du kennst also doch Fälle", sagte Therese.

"Natürlich kenn ich Fälle, natürlich. Aber nun sage mir, liebe Alte, wie geht es dir eigentlich? Immer noch Schmerzen hierherum?"

"Ja, Leo, jede Nacht."

"Weiß der Himmel, daß die Doktors auch gar nichts können. Sieh hier meinen Zeigefinger, neulich umgeknickt, das heißt, 's ist schon ein Vierteljahr, und immer dieselbe Schwäche. Vielleicht muß ich den Abschied nehmen."

"Ach, rede doch nicht so", unterbrach Therese. "Die Poggenpuhls nehmen nicht den Abschied."

"Dann kriegen sie ihn."

"Sie kriegen ihn auch nicht. Der da" (und sie wies auf den "Hochkircher") "ist unvergessen und der Sohrsche auch und Papa auch. Der Kaiser weiß, was er an uns hat."

"Ja, Therese, was hat er an uns?"

"Er hat unsre Gesinnung und die Gewißheit der Treue bis auf den letzten Blutstropfen."

"Nun ja, ja, das hat er... Aber sage, Mutter, hast du denn schon böten lassen?"

"Böten?"

"Ja, böten. Böten ist pusten und besprechen oder so was wie mit Sympathie. Das hilft immer. Wir haben da eine alte Pohlsche, sowie die lospustet, ist es weg... Apropos, ist denn noch Weihnachtsmarkt?"

"Ich glaube, er ist noch oder wenigstens ein bißchen."

"Ein paar Buden werden ja wohl noch stehen, und da müssen wir hin, Kinder. ›Herr Jraf, *einen* Dreier‹, so was Klassisches will ich mal wieder hören. Und dann gehen wir zu Helms und trinken Grog oder Schokolade mit Schlagsahne und dann in die Reichshallen."

"Oh, das ist ein glücklicher Einfall", sagte Manon. "Nicht wahr, Sophie? Du bist so still; sprich doch auch... Für Therese wird es wohl nicht passen, sie wird die Reichshallen nicht vornehm genug finden. Aber zwei Schwestern ist auch genug, und ich freue mich herzlich. Nur mußt du's so einrichten, daß wir etwa um neun bei Bartensteins sind oder doch nicht viel später. Ja, Leo, bis in die Voßstraße mußt du uns dann bringen."

"Gern. Aber wozu? Was ist denn da los?"

"Polterabendprobe. Seraphine Schweriner, eine Cousine von Flora, verheiratet sich in vierzehn Tagen, und da haben wir seit Weihnachten immer Proben. Ich spiele mit, sogar zweimal, erst Quirlmädchen, dann Slowake mit Mausefallen. Ich soll reizend aussehen."

"Natürlich."

"Und Sophie hat ein Transparent gemalt und den Prolog gedichtet. Aber sie will ihn nicht sprechen."

"Das mußt du dann am Ende auch noch."

"Vielleicht; aber jedenfalls nicht gern. Prolog ist immer zu langweilig. Jeder ist immer froh, wenn es damit vorbei ist. Aber ob ja oder nein, davon sprechen wir unterwegs, vorausgesetzt, daß sich unterwegs überhaupt ein Gespräch führen läßt. Denn man muß jetzt sehr aufpassen; es ist abends immer so neblig. Überhaupt, Berliner Luft..."

"Ach, rede doch nicht so was, Manon. Berlin hat die feinste Luft von der Welt. Ich kann dir sagen, daß ich froh bin, mal wieder ein bißchen drin herumschnuppern zu können. Nebel; Nebel ist ganz egal, Nebel ist was Äußerliches, und alles Äußerliche bedeutet nichts. Innen steckt es, innen lebt die schaffende Gewalt, immer frisch, froh und frei; – ›fromm‹ schenk ich mir, verzeih, Therese... Gott, unser Nest da, das hat die reinste Luft, immer Ostwind und dergleichen, und wer nicht fest auf der Bost ist", und er gab sich einen Schlag auf die Brust, "der hat eine Lungenentzündung weg, er weiß nicht wie. Also wir haben die reinste Luft, keine Frage. Und doch sag ich euch, immer stickig, immer eng, immer klein. Wenn der Oberst niest, hört es der Posten vorm Gewehr und präsentiert. Greulich. Wenn nicht das bißchen jeu wäre und die paar Judenmädchen..."

"Aber Leo..."

"Oder die paar Christenmädchen; bloß die Jüdinnen sind hübscher."

"Ihr müßt aber doch geistige Beschäftigung haben?"

"I bewahre. Dazu ist ja gar keine Zeit. Ich überschlage bloß dann und wann meine Schulden und rechne und rechne, wie ich wohl rauskomme. Das ist meine geistige Beschäftigung, ganz ernsthaft, beinahe schon wissenschaftlich."

"Gott, Leo", sagte die Mutter und sah ihn ängstlich an. "Gewiß bist du bloß deshalb gekommen. Ist es denn wieder viel?"

"Viel, Mutter? Viel ist es nie. Viel kann es überhaupt nie sein. Denn so dumm ist keiner. Viel, das fehlte auch noch. Aber wenig ist es, und bei allem Glück, daß es so wenig ist, ist das doch auch grade wieder das Ärgerliche, ja das Allerärgerlichste. Denn man sagt sich: ›Gott, es ist so wenig, dafür kann man ja gar nichts gehabt haben‹, und hat auch nicht, und dann kommt erst das andre, daß man's, trotzdem es so wenig ist, doch nicht begleichen kann. Keiner, der einem hilft, keine Seele. Wenn ich mir da die andern ansehe! jeder hat einen Onkel..."

"Oh, den haben wir auch", unterbrach Sophie. "Und Onkel Eberhard ist ein Ehrenmann..."

"Zugestanden. Aber Onkel Eberhard, so gut er ist, er legitimiert sich nicht als Onkel oder wenigstens nicht genug. Und dann, Kinder, wer keinen Onkel hat, der hat doch wenigstens einen Großvater oder einen Paten oder eine Stiftsdame. Stiftsdame ist das beste. Die glauben alles, jede Geschichte, die man ihnen vorerzählt, und wenn sie auch selber nicht viel haben, so geben sie doch alles, ihr letztes."

"Ach, Leo, rede doch nicht so. Sie können doch nicht alles geben."

"Alles, sag ich. Denn was eine richtige Stiftsdame ist, die kann auch alles geben, weil sie gar nichts braucht. Sie hat Wohnung und Fisch und Wild, und die Puthühner laufen im Hof herum, und die Tauben sitzen auf dem Dach, und in dem großen Gemüsegarten, den sie natürlich selber besorgen (denn sie haben ja nichts zu tun), da steht immer irgendwo ein Kohlrabi oder eine Mohrrübe, und in der Küche ist immer Feuer, weil sie frei Holz haben. Und deshalb, ja, ich muß es noch einmal sagen, deshalb können sie alles geben, weil sie alles haben und nichts brauchen."

"Aber sie müssen sich doch kleiden."

"Kleiden? I bewahre. Die kleiden sich nicht. Sie haben ein Kleid, und das dauert dreißig Jahre. Sie ziehen sich bloß an; natürlich, denn auf Eva im Paradiese sind sie nicht eingerichtet ... Aber da kommt ja die Leber; riecht köstlich, delikat. Und nun, Kinder, wollen wir teilen: Mutter Mittelstück, weil das das weichste ist, Therese rechte Spitze, ich linke Spitze, Sophie und Manon..."

"Ach, Leo, mache doch keine Komödie. Du weißt ja doch, daß du das Ganze kriegst. So warst du immer, du willst dich nett machen, wo du nicht beim Worte genommen wirst."

"Gib hier nicht Aufschlüsse über meinen Charakter, Sophie, gib mir lieber eine Semmel zu der Leber, sie ist sonst zu fett. Und mit der Verwandtschaft hab ich doch recht, keine Stiftsdame, keine Muhme, keine Base, keine Tante, kaum eine Cousine, wenigstens keine richtige – man möchte rasend werden, sagt Mephisto irgendwo. Kennst du Mephisto, Mutter?"

"Natürlich kenn ich ihn. Ihr Poggenpuhls denkt immer, ihr habt die Weisheit allein und alles wie durch Inspiration. Denn von der Schule her habt ihr doch eigentlich gar nichts. Und nun gar *du*, Leo. Wenn ich an deine Zensuren denke.

Mit Wendelin war das was andres. Aber warum? weil er ins Püttersche schlägt."

"Ach, Mutter, du bist schon die Beste; wenn wir dich nicht hätten! Und ich glaube auch beinahe, daß uns die Pütters über sind. Bloß in einem sind sie uns ganz gleich, sie haben auch nichts, und das ist mein Schmerz. Ach, Mama, nirgends Geld, nirgends Rückendeckung, und dazu jung und ein Leutnant; – eine ganz verdeubelte Geschichte. Und dabei habe ich euch aufgefordert, mit zu Helms zu kommen und dann in die Reichshallen."

"Er ist unverbesserlich", lachte Sophie. "Was soll das nun wieder! Erstens bist du unser Gast, der nichts als die Honneurs zu machen braucht. Und das Ritterliche wirst du doch wohl für uns übrig haben."

"Gott, Mädels, seid ihr gut. Und so aufgeklärt und begreift, daß es nicht anders sein kann, und ich bleibe in eurer Liebe und Achtung. Das hoffe ich wenigstens, sonst würde ich es nicht annehmen. Und nun, denk ich, gehen wir. Mama, du kommst doch mit?"

"Nein, Leo. Eine Person mehr macht schon immer was aus. Und dann mein Mantel, wenn wir in einem Lokal sitzen, ist auch nicht mehr gut genug."

"Ach, das ist ja gleich, Mutter."

"Und dann hab ich so leicht das Reißen hier, und man weiß nie, welchen Platz man kriegt und ob es nicht gerade zieht. Und wenn ich den Zug kriege, dann krieg ich auch meinen Rheumatismus und muß ins Bett. Und wenn ich den Rheumatismus nicht kriege, dann krieg ich meine Kolik, und das ist noch schrecklicher."

Viertes Kapitel

Leo, der den Weihnachtsmarkt und Helms und die Reichshallen wirklich besucht und sich dann schließlich vor dem Bartensteinschen Hause von den beiden jüngeren Schwestern, die er bis dahin begleitet, verabschiedet hatte, war bald nach neun wieder zu Haus, wo er nun, so ging wenigstens sein Plan, mit der Mutter und Therese weidlich plaudern und über seine Berliner Eindrücke berichten wollte, denn er gehörte zu den Glücklichen, die, sowie sie den Fuß auf die Straße setzen, immer was erleben oder sich wenigstens einbilden, was erlebt zu haben. Er traf es daheim aber anders als erwartet: Therese war in die Stadt gegangen, um noch ein paar Kleinigkeiten für den Geburtstagstisch der Mama zu kaufen, und diese selbst, wie er von Friederike gleich auf dem Korridor erfuhr, war schon zu Bett. "Hm", brummte er und schickte sich, weil ihm nichts andres übrigblieb, eben zu stillem Meditieren in einer Sofaecke an, als die Mama ihm sagen ließ, er solle nur an ihr Bett kommen und ihr was erzählen. Das war ihm denn allerdings erheblich lieber, als, wie er sich ausdrückte, "unter Betrachtung seines Innern" auf Therese zu warten.

"Ist dir schlecht, Mama?"

"Nein, Leo, schlecht eigentlich nicht. Ich habe mich nur hingelegt, weil ich morgen doch ein bißchen bei Kräften sein will. Nimm dir einen Stuhl und rücke ran und dann hole die Lampe, daß ich dich immer vor mir habe. Denn du hast ein gutes Poggenpuhlsches Gesicht, und wenn dann was kommt, was nicht stimmt, so kann ich es dir immer gleich ansehen und mir meinen Vers danach machen."

"Ach, Mama, du denkst immer, ich mache Flausen; aber es ist nicht so schlimm damit. Ich habe nicht mal Talent dazu; ich übertreibe bloß ein bißchen."

"Ist schon recht. Und du warst auch immer mein Liebling, und die andern haben es dir auch gegönnt. Aber du bist so leichtsinnig und denkst immer, ›es wird sich schon finden‹. Und sieh, das ängstigt mich. Was finden! Wie soll sich denn was finden, wo soll es denn herkommen? Es ist ja doch eigentlich ein Wunder. daß es noch immer so gegangen ist."

"Ja, Mutter, das ist es ja gerade; da steckt ja gerade die Hoffnung, und ich muß beinahe sagen die Zuversicht. Wenn das Wunder gestern war, warum soll es nicht auch heute sein oder morgen oder übermorgen."

"Das klingt ganz gut, aber es ist doch nicht richtig. Sich zu Wunder und Gnade so stellen, als ob alles so sein müßte, das verdrießt den, der all die Gnade gibt, und er versagt sie zuletzt. Was Gott von uns verlangt, das ist nicht bloß so hinnehmen und dafür danken (und oft oberflächlich genug), er will auch, daß wir uns die Gnadenschaft verdienen oder wenigstens uns ihrer würdig zeigen und immer im Auge haben, nicht was so vielleicht durch Wunderwege geschehen *kann*, sondern was nach Vernunft und Rechnung und Wahrscheinlichkeit geschehen *muß*. Und auf solchem Rechnen steht dann ein Segen."

"Ach, Mama, ich rechne ja immerzu."

"Ja, du rechnest immerzu, freilich, aber du rechnest *nachher*, statt *vorher*. Du rechnest, wenn es zu spät ist, wenn du bis über den Kopf drinsteckst, und dann willst du dich herausrechnen und rechnest dich bloß immer tiefer hinein. Was dir nicht paßt, das siehst du nicht, willst du nicht sehen, und was dir schmeichelt und gefällt, daraus machst du Wahrscheinlichkeiten. Die Menschen haben so viel für uns getan, auch für dich, und nun, mein ich, heißt es: ›Hilf dir selber.‹ Immer bloß ›wir sind die Poggenpuhls‹, damit machen wir uns bloß bedrücklich, und zuletzt sind wir Querulanten, was ich doch nicht erleben möchte."

"Davon sind wir weitab, Mama."

"Nicht so weit, wie du denkst. Onkel Eberhard, der ein sehr feiner und sehr gütiger Mann ist, ich muß ihn wirklich einen echten Edelmann nennen, wird allmählich auch reserviert und ungeduldig. Er sagt es nicht geradeheraus, weil er eben gütig ist, aber es steht doch leise zwischen den Zeilen."

"Ja, der Onkel, der alte Streitpunkt. Ich bitte dich, Mama, er tut aber doch auch wirklich zu wenig und alles so bloß um Gottes willen, und er müßte doch eigentlich denken: › *Ich* habe meine Zeit gehabt, nun sind die andern dran.‹ Er gibt wohl dann und wann, gewiß, aber was er so auf dem Familienaltar opfert, steht in keinem rechten Verhältnis, weder zu seinen Einnahmen noch zu seinen Ermahnungen. Er könnte sich kürzer fassen und mehr geben. Hat er doch ein riesiges Glück gehabt und sitzt nun über ein Dutzend Jahre schon in der Wolle oder, wie manche sagen, in einer guten Assiette."

"Daß du nicht davon abzubringen bist und nicht wissen willst, wie's mit dem Onkel eigentlich liegt. Er hat die reiche Witwe geheiratet und wohnt in einem Schloß, und wenn seine Frau den Prinzen Albrecht oder einen von den Caroliths einladen will, dann ist das ein großes Wesen, und der halbe niederschlesische Adel sitzt dann mit zu Tisch, und es sieht dann aus, als gäbe Onkel Eberhard das Fest. Aber *er* gibt es nicht, *sie* gibt es; er gibt nur den Namen dazu her und auch das kaum, denn viele, wenn sie hinter dem Rücken der Tante sprechen nennen sie noch immer bei dem Namen ihres ersten Mannes. Der war schlesisch und ein sehr vornehmer Mann, vornehmer als die Poggenpuhls ... das müßt ihr euch nun schon gefallen lassen, daß es noch Vornehmere gibt... Ich sage dir, so gut sie ist, sie hält ihn trotzdem knapp, und er hat nicht viel mehr als seine Generalspension, von der er noch alte Schulden bezahlen muß ..."

"... Alte Schulden! Siehst du, Mama, da sagst du's nun selbst. Auch *der* also. Und ist doch General geworden und hat nun eine reiche Frau..."

"... Wovon er alte Schulden bezahlen muß", wiederholte die Mama, ohne seiner Zwischenrede weiter zu achten. "Und da bleibt ihm nur ein Taschengeld."

"Aber ein gutes..."

"Vielleicht, oder sagen wir gewiß. Und wenn er trotzdem damit zu Rate hält, so liegt es wohl auch daran, daß er dir mißtraut oder, wenn nicht er, daß die Frau dir mißtraut und daß deren Einfluß ihn bestimmt."

"Das ist es ja eben, was einen ärgert, dieser unwürdige Weibereinfluß. Und dann, Mama, von mir will ich am Ende nicht reden, ich bin vielleicht enfant perdu; meinetwegen. Aber Wendelin, dieser Musterknabe, wenn ich meinen Herrn Bruder so nennen darf, an dem müßte er doch wenigstens seine Freude haben und sogar die Frau Tante. Da liegt doch die Knauserei ganz deutlich zutage."

"Spricht Wendelin ebenso?"

"Nein. Der nicht, der braucht es auch nicht. Wendelin, der das Talent hat, bei seiner Wasserkaraffe sich Herr von ungezählten Welten zu fühlen, Wendelin macht auch *so* seinen Weg. Aber auch für ihn ist doch ein Unterschied. Es ist nun mal was andres, ob man seinen Weg spielend macht oder in ewiger Askese. Die mit Askese haben meistens einen Knacks weg; – sie werden berühmt oder können es wenigstens werden, aber auch wenn sie berühmt sind, wirken sie meistens wie kleine Schulmeister. Möglich, daß Wendelin eine Ausnahme macht."

"Glaubst du denn überhaupt und mit einer Art von Zuversicht, daß etwas Höheres aus ihm werden wird?"

"Gewiß, Mutter. Kein halbes Jahr, so kommt er in den Generalstab. Was er über Skobeleff geschrieben, hat Aufsehen gemacht. Und dann noch ein Jahr oder zwei, dann schicken sie ihn nach Petersburg, und da heiratet er, so nehme ich vorläufig an, eine Yussupoff oder eine Dolgorucka; die haben alle wenigstens zehntausend Seelen und Bergwerke mit Diamanten. Was meinst du dazu? Kein übler Blick in die Zukunft. Zugegeben, nicht wahr? Aber wenn der Onkel anders wäre oder meinetwegen auch die Tante – doch von *der* können wir es nicht verlangen, denn sie ist bloß angeheiratet und war eine ›Bourgeoise‹, was immer schlimm ist; *du* bist doch wenigstens eine ›Bürgerliche‹ -, ja, dann wäre er schon da, dann wär er schon in Petersburg, und ich wäre schon attachiert und ginge mit in den Kaukasus oder nach Merw oder nach Samarkand, und all das unterbleibt oder vertagt sich wenigstens grausamerweise, bloß weil kein Vorspann da ist, weil die Goldfüchse fehlen."

"Gott, Leo, wenn man dich so hört, so sollte man glauben, du könntest alles haben, wenn sich bloß der Wind ein bißchen drehen wollte. Phantasien, Pläne, so warst du schon als kleiner Junge."

"Ja, Mutter, so muß man auch sein, wenigstens unsereiner. Wer was hat, nun ja, der kann das Leben so nehmen, wie's wirklich ist, der kann das sein, was sie jetzt einen Realisten nennen; wer aber nichts hat, wer immer in einer Wüste Sahara lebt, der kann ohne Fata Morgana mit Palmen und Odalisken und all dergleichen gar nicht existieren. Fata Morgana, sag ich. Wenn es dann, wenn man näher kommt, auch nichts ist, so hat man doch eine Stunde lang gelebt und gehofft und hat wieder Courage gekriegt und watet gemütlich weiter durch den Sand. Und so sind denn die Bilder, die so trügerisch und unwirklich vor uns gaukeln, doch eigentlich ein Glück."

"Ja, die Jugend kann das und darf es auch vielleicht. Und ich will dir noch mehr zugeben: wer immer hoffen kann, und die Hoffnung ist oft besser als die Erfüllung, der hat sein Teil Freude weg. Aber trotzdem, du hoffst zuviel und arbeitest zuwenig."

"Ich arbeite wenig, das ist richtig, und ich will es nicht loben. Aber ich habe einen heiteren Sinn, und das ist schließlich besser als alles Arbeiten. Heiterkeit zieht an, Heiterkeit ist wie ein Magnet, und da denk ich, ich kriege doch auch noch was."

"Nun, ich will es dir wünschen. Und jetzt geh in die Küche und sage Friederike. daß sie dir was zum Abendbrot bringt."

Fünftes Kapitel

Leo war es zufrieden, denn er hatte wirklich Hunger. Die Entenleber zu Mittag war nicht viel gewesen und die Tasse Schokolade bei Helms noch weniger.

Er ging also hinaus und traf Friederike, die vor einer Küchenlampe saß und, ein an den Fuß der Lampe gestelltes Tintenfaß dicht vor sich, in ihrem Wirtschaftsbuch aufschrieb. Der aus Holz geschnitzte Federhalter, den sie nachsinnend zwischen Daumen und Zeigefinger hielt, war noch ganz neu (wohl ein Weihnachtsgeschenk) und schloß nach oben hin mit einem Adler ab, der aber auch eine Taube sein konnte. Soviel sich bei dem herrschenden Halbdunkel erkennen ließ, war in der Küche rundum alles in guter Ordnung und Sauberkeit, wenn auch nicht gerade blitzblank; blitzblank war nur der in seinem Kochloch stehende Teekessel, dessen Tüllendeckel beständig klapperte. Denn immer kochendes Wasser zur Verfügung zu haben war ein eigentümlicher, zugleich klug erwogener Luxus der Poggenpuhlschen Familie, die sich dadurch in Stand gesetzt sah, jederzeit eine bescheidene Gastlichkeit üben zu können. Diese betätigte sich dann in verschiedenem. Obenan, fast schon als Spezialität, stand eine mit Hilfe von gerösteten Semmelscheiben und einer Muskatnußprise rasch herzustellende Kraftbrühe von französischen Namen, in deren Anfertigung jeder einzelne so sehr exzellierte, daß selbst Flora, wenn sie abends zu einer Plauderstunde mit herankam, unter freundlicher Ablehnung von "Aufschnitt" und dergleichen, darum zu bitten pflegte. Was auch klug war.

"Ja, Friederike", sagte jetzt Leo, als er, einen Küchenstuhl heranrückend, sich über die Lehne desselben beugte, "Mama schickt mich zu dir und hat sogar von Abendbrot gesprochen. Wie steht es eigentlich damit? Ich habe Hunger und danke Gott für alles. Und dir auch."

"Ja, junger Herr, viel is es nich."

"Na, was denn?"

"Nun, eine Boulette von gestern mittag und ein paar eingelegte Heringe mit Dill und Gurkenscheiben. Und dann noch ein Edamer. Aber von dem Edamer is bloß noch sehr wenig. Und dann kann ich Ihnen vielleicht noch einen Tee aufgießen. Das Wasser bullert ja noch."

"Nein, Friederike, Tee nicht. Was soll man damit? Aber das andre ist gut, und ich werde gleich hier bleiben, gleich hier in der Küche. Mama ist müd und angegriffen, und du kannst mir dann auch was von den Mädchen erzählen. Sie schreiben mir immer, Manon immer vier Seiten, aber es steht nicht viel drin. Wie geht es denn eigentlich?"

"Ja, junger Herr, wie soll es gehn? Fräulein Therese, na, da wissen Sie ja Bescheid;... aber ich will am Ende nichts gesagt haben. Und dann Sophiechen. Nu, das Sophiechen ist ein Prachtstück. Und Manonchen ist immer fidel, das muß wahr sein."

"Und hält es mit den reichen Bankiers, und das ist auch klug und weise. Bankiers, das sind eigentlich die einzigen Menschen, mit denen man umgehen sollte, bloß schade, daß sie fast alle vom Alten Bund sind."

"Ja, junger Herr, so is es, und ich hab es ihr auch schon gesagt; aber da sagte sie: ›Ja, Friederike, wenn man so was will, dann darf man nicht viel aussuchen, dann muß man's nehmen, wie's fällt.‹"

"Sehr vernünftig, ein kluges Mädchen; gefällt mir außerordentlich und ist mir auch ganz recht. Ich bin nämlich auch so 'n bißchen mit drin, hab auch angebändelt, schöne schwarze Person, Taille so, und Augen, na, Friederike, ich sag dir, Augen, die reinen Mandelaugen und eigentlich alles schon wie Harem. Kennst du Harem?"

"Natürlich kenn ich Harem. Das is das, wo die Türken ihre Frauen drin haben und keine Fenster als bloß ganz kleine Löcher, wo sie nur mal heimlich rausgucken können."

"Richtig. Und so wie bei den Türken oder doch beinahe so, so sieht meine auch aus."

"Aber wird es denn gehen, junger Herr? Wird es denn die Familie zugeben?"

"Welche? Meine oder ihre?"

"Nu, ich meine die Poggenpuhls."

"Das ist mir egal, Friederike. Und dann... sieh, so dumm sind die Poggenpuhls auch nicht, wenn es nur recht viel ist, sind sie ganz zufrieden und geben alles zu."

"Is es denn viel?"

"Ja, das weiß ich selber noch nicht. Und dann sind diese Orientalen so gräßlich vorsichtig und machen immer Ehekontrakte, wo man nichts kriegt, wenn man nicht gleich ein halbes Dutzend herzaubert. Und so schnell geht es doch nicht."

"Ach, Leochen, Sie werden schon..."

"Ja, Friederike, das sagst du so; die Spiele der Natur sind aber merkwürdig, und wenn dann welche geboren werden, kleine, reizende Engelchen, denn wenn sie ganz klein sind, sind sie immer Engelchen, dann sterben sie, und sieh, dann sitzt man wieder da und hat alle Mühe umsonst gehabt."

"Ja, ja, so was kommt vor. Na, aber sind Sie denn schon eins miteinander?"

"I Gott bewahre, sie weiß eigentlich kein Sterbenswort, und ich sage das auch bloß alles so, weil einem immer das Messer an der Kehle sitzt, und da malt man sich denn so was aus und tröstet sich und denkt, ›mal wirst du doch wohl rauskommen aus all dem Elend‹... Aber Friederike, du könntest mir doch eigentlich einen Tee machen, das heißt, wenn noch ein bißchen Rum da ist."

"Nein, Leochen, Rum is nich mehr da; bloß noch ein Gilka."

"Hm, das paßt eigentlich nicht recht. Aber am Ende, warum nicht? Eintun kann ich ihn freilich nicht, aber so nebenher ist er ganz gut zu brauchen. Und nach dem Hering ist mir doch so 'n bißchen durstig geworden. Und was ich dir von der schönen schwarzen Jüdin gesagt habe, drüber mußt du reinen Mund halten und darfst davon nicht sprechen, nicht zu Mutter und auch nicht zu den Schwestern, wenigstens nicht zu Therese. Zu Manon kannst du schon eher etwas sagen, die ist ja schon so gut wie mit dabei, mit ihren ewigen Bartensteins, wo sie mich auch immer hin haben will. Der Alte soll übrigens sehr reich sein, und ich weiß auch noch nicht, was ich tue. Man ist dann mit einemmal raus, und das ist doch die Hauptsache. Wenn es aber nichts wird, na, dann, Friederike, dann müssen die Schwarzen ran, das heißt die richtigen Schwarzen, die wirklichen, dann muß ich nach Afrika."

"Gott, Leochen! Davon hab ich ja gerade dieser Tage gelesen. Du meine Güte, die machen ja alles tot und schneiden uns armen Christenmenschen die Hälse ab."

"Das tun sie hier auch; überall dasselbe."

"Und soviel wilde Tiere, Schlangen und Krokodile, daß man bei all der Hitze nich mal baden kann."

"Ja, das ist richtig. Aber dafür hat man auch alles frei, und wenn man einen Elefanten schießt, da hat man gleich Elfenbein, soviel man will, und kann sich ein Billard machen lassen. Und glaube mir, so was Freies, das hat schließlich auch sein Gutes. Hast du mal von Schuldhaft gehört? Natürlich hast du. Nu sieh, so was wie Schuldhaft gibt es da gar nicht, weil es keine Schulden und keine Wechsel gibt und keine Zinsen und keinen Wucher, und wenn ich in Bukoba bin – das ist so'n Ort zweiter Klasse, also so wie Potsdam -, da kann sich's treffen, daß mir der Äquator, von dem du wohl schon gelesen haben wirst und der so seine guten fünftausend Meilen lang ist, daß mir der gerade über den Leib läuft."

"Um Gottes willen..."

"Und so was ist hier ganz unmöglich, und deshalb will ich auch hin, wenn sich hier nicht bald was findet."

"Gott, junger Herr, dann doch lieber..."

"Gewiß, Friederike, viel lieber. Und all das Poggenpuhlsche, wovon Therese soviel Lärm macht... Aber, alle Wetter, dabei fällt mir ein, wo steckt denn nur eigentlich Therese? Sie wollte ja, wie du sagtest, bloß in die Stadt, um noch zu Mamas Geburtstag was einzukaufen... Gott, Geburtstag. Sage, Friederike, da muß ich am Ende doch auch wohl was anschaffen, die alte Frau glaubt sonst, ich denke bloß immer an mich. Also was meinst du, was kann ich ihr wohl schenken, was braucht sie?"

"Gott, junger Herr, die gnädige Frau braucht ja eigentlich alles."

"Alles? Das ist mir zuviel, das geht nicht, das ist über meinen Etat. Und zurück muß ich doch auch noch wieder, und es reicht schon nicht... Aber du hast ja vorhin von einem Edamer gesprochen. Is noch was da?"

"Versteht sich."

"Nun gut. Aber zunächst wollen wir das mit dem Geburtstagsgeschenk abmachen. Freilich, zurück muß ich, das bleibt das erste."

"Ja, junger Herr, wieviel wollen Sie denn wohl anlegen?"

"Wollen? Eine Million. Aber können, Friederike, können, da sitzt es, da hapert es. Über, über... na, ich will lieber keine Summe nennen; nur bloß was Nettes, was Sinniges muß es sein."

"Nu, ich denke mir eine Primel."

"Gut, Primel. Primel paßt ganz vorzüglich. Primel oder Primula veris, das ist nämlich der lateinische Name, heißt soviel wie Frühlingsanfang, und Mutter wird siebenundfünfzig. Und sieh, das ist das, was ich sinnig nenne."

"Und dann, junger Herr, vielleicht noch eine Tüte mit Mehlweißchen; die ißt sie für ihr Leben gern. Aber knusprige, nicht solche, die sich so ziehen wie Leder."

"Auch gut. Also Primel und Mehlweißchen, knusprig und alle weiß bestreut. Aber es ist schon so spät; ich glaube, man kriegt keine mehr."

"Nein, heute nicht mehr; ich besorge sie aber morgen früh. Vor neun wird ja doch nich aufgebaut, denn es muß doch erst überall warm sein und auch alles ein bißchen in Ordnung."

Unter diesen Worten begann Friederike die herumstehenden Teller und Gläser abzuräumen und setzte dafür den halben Edamer, der eigentlich nur noch eine rote Schale war, auf den Tisch. Aber das tat nichts. Leo hatte schon sein kleines Taschenmesser, weil ihm das am handlichsten war, herausgenommen und schabte damit die guten Stellen mit vieler Geschicklichkeit heraus, immer versichernd, daß, wenn man noch was fände, wo eigentlich nichts mehr zu finden sei, das sei jedesmal das beste und darin läge auch was Sinniges. "Ja, Friederike, so muß man leben, immer so die kleinen Freuden aufpicken, bis das große Glück kommt..."

"Ja, wenn es bloß kommt..."

"Und wenn es nicht kommt, dann hat man wenigstens die kleinen Glücke gehabt." Und dabei setzte er den ausgehöhlten Edamer auf seinen linken Zeigefinger und drehte ihn erst langsam und dann immer rascher herum, wie einen kleinen Halbglobus. "Sieh, das hier oben, das ist die Nordhälfte. Und hier unten, wo gar nichts ist, da liegt Afrika."

Sechstes Kapitel

Leo war in der guten Stube untergebracht worden und schlief hier unbequem, aber fest auf dem kleinen Rohrsofa, das für gewöhnlich in der Schlafstube stand. Er wurde nur einen Augenblick wach, als Friederike kam, um einzuheizen, fiel aber rasch wieder in einen ruhigen Morgenschlaf zurück, als er nebenan in der einfenstrigen Wohnstube das Knacken und Knistern des Holzes und bald darauf das Klappern der Ofentür hörte.

Gegen halb neun erst kam Manon, um ihn zu wecken. "Aufstehn, Leo; es ist höchste Zeit. Wir können Mama nicht länger im Bett halten." Und nun sprang er auf und machte mit soldatischer Schnelligkeit seine Toilette. Der Pfeilerspiegel über der Konsole präsentierte sich dabei stattlich genug, alles übrige aber war desto primitiver: ein Küchenstuhl mit Waschbecken und Handtuch, ein Glas und eine Wasserkaraffe. Was er sonst noch brauchte, nahm er aus seinem Koffer.

"Guten Morgen, meine Damen", mit diesen Worten trat er bei den Schwestern ein und gab jeder einen Kuß. Es war schon recht hübsch warm in dem kleinen Zimmer. Auf einem alten Klavier lagen und standen die für die Mama bestimmten Geschenke noch wirr und ungeordnet umher, denn sie sollten, wie selbstverständlich, nicht hier, sondern in der guten Stube, die noch erst in Stand zu setzen war, aufgebaut werden. Das geschah denn auch, und nun hatte man über alles einen Überblick: eine Morgenhaube, zwei Paar Zwirnhandschuhe und ein Paar Filzschuhe. Von Friederike war eine Erika gestiftet, zwischen den zwei Filzschuhen stand Leos Primel und die Tüte, Leo selbst aber riß noch rasch ein Blatt aus seinem Notizbuch, um ein paar Zeilen aufzuschreiben, und schob diese dann zwischen die beiden blaßlilafarbenen Primelblüten. "Ein Bild meines Glücks", sagte er zu der neben ihm stehenden Sophie; "zwei Blüten und blaßlila." Nun endlich konnte auch die schon ungeduldig werdende Mutter aus ihrer Schlafstube befreit und an den Geburtstagstisch geführt werden. Leo und die zwei jüngeren Schwestern küßten ihr die Hand, während sich Therese mit einem Backenkuß begnügte. "Gott, Kinder, so vielerlei", sagte die gute alte Dame. "Und wie ausgesucht. Ja, die Filzschuhe haben mir gefehlt; ich hab es immer so kalt. Und die Primel und noch dazu mit einem Spruch." Und sie nahm den Zettel und las: "›Eine Primel, von deinem...‹ Ja, ja, Leo, das bist du; du hast das Wort nicht ausgeschrieben, aber das war auch nicht nötig. Na, der liebe Gott meint es ja gut mit uns allen, und vielleicht hilft er dir auch noch."

"Natürlich, Mutter", sagte Therese, "du darfst ihn nicht so herabstimmen. Er muß sein Selbstgefühl behalten und sich sagen, daß ein Pommerscher von Adel immer seinen Platz findet. Ich bin guten Muts."

"Und übernimmst auch Bürgschaft?"

"Nein, Leo; Bürgschaft übernimmst du selbst. Und wenn du sie richtig übernimmst, wie es einem Poggenpuhl geziemt und worin dir Wendelin ein Vorbild sein kann, so wirst du gute Tage haben. Wir haben einen Stern im Wappen."

"Ich wollte, ich hätte erst einen auf der Achselklappe."

"Kommt Zeit, kommt Rat. Aber nun nimm Mamas Arm und führe sie."

Man blieb wohl eine Stunde beim Kaffee. Leo hatte von seinem Thorner Leben zu berichten, am meisten von seinen Besuchen auf dem Lande, sowohl bei den deutschen wie bei den polnischen Edelleuten.

"Und macht ihr bei diesen moralische Eroberungen?" fragte Therese. "Gewinnt ihr Terrain?"

"Terrain? Ich bitte dich, Therese, wir sind froh, wenn wir im Skat gewinnen. Aber auch damit hat's gute Wege. Diese Polen, ich sage dir, das sind verdammt pfiffige Kerle, lauter Schlauberger ..."

"Du hast soviel berlinische Ausdrücke, Leo."

"Hab ich. Und weil man nie genug davon haben kann, denk ich, wir brechen so bald wie möglich auf und gehen in die Stadt auf weitere Suche. Wer Augen und Ohren hat, findet immer was. Ich möchte mal wieder eine Litfaßsäule studieren. ›Wer dreihundert Mark sparen will‹ oder die ›Goldene Hundertzehn‹ oder ›Mittel gegen den Bandwurm‹. Ich lese so was ungeheuer gern. Wer kommt mit? Wer hat Zeit und Lust?"

Therese schwieg und wandte sich ab.

"Hm, Therese läßt mich im Stich, und Sophie hat die Wirtschaft. Aber Manon, auf dich, denk ich, ist Verlaß. Wir sehen uns das Rezonvillepanorama an (so was verstehn die Franzosen) und sind um zwölf Unter den Linden und sehen die Wache aufziehn mit voller Musik, und wenn wir Glück haben, steht der alte Kaiser am Fenster und grüßt uns. Oder wir können's uns wenigstens einbilden."

Unter diesen Worten hatten sich Leo und Manon erhoben.

"Kommt nicht zu spät; zwei Uhr", mahnte Sophie, was denn auch versprochen wurde. Leo und Manon hielten Zeit, und Punkt zwei ging man zu Tisch. Es war in der guten Stube gedeckt, in der Mitte eine Torte, links und rechts die Erika und die Primel. Der Sohrsche sah aus seinem Rahmen herab und lächelte. Gleich nach der Suppe wurde der Glasteller mit der kleinen Repräsentationsweinflasche von dem Schreibtisch heruntergenommen und vor Leo hingestellt, der mit vieler Würde bemerkte: "Wenn dies mir gilt, so muß ich es zurückweisen; wenn es aber wegen Mamas Geburtstag ist, auf deren Wohl wir trinken müssen, so kann es stehnbleiben."

Und während noch darüber parlamentiert und Leos Widerstand beseitigt wurde, kam Friederike und brachte die Ente.

"Wovon willst du?" fragte Sophie.

"Keule, wenn ich bitten darf. Ich finde nämlich, wer um die Keule bittet, fährt immer am besten. Es macht jedesmal einen guten, weil bescheidenen Eindruck, und zweitens läßt einen das Bindestück nicht leicht im Stich. Außerdem ist die reine Quantitätsfrage doch auch nicht zu verachten."

Er tat sich denn auch bene; alles war ihm zu Willen, und dann brachte er seinen Toast aus auf das Wohl der Mutter. Diese mußte trinken, die Mädchen aber stießen nur mit dem Knöchel ihres Zeigefingers an.

"Es ist doch wahr, zu Hause schmeckt es immer am besten. Solche mütterliche Ente krieg ich in ganz Thorn nicht. Und diese Füllung, noch dazu zweierlei, hier Maronen und hier Pudding mit Rosinen. Kinder, ich glaube beinahe, es ist alles Verstellung bei euch; ich glaube, ihr habt was, ihr seid gar nicht so arm."

"Ach, Leo, sage nur so was nicht, sprich nicht so was; das ängstigt mich immer. Du bist imstande, dir wirklich so was einzubilden..."

"Nein, nein, ich weiß ja Bescheid. Ich dachte nur zufällig an etwas, was ich mal in einer Zeitung gelesen habe, eine Geschichte von einer alten Frau, die ein ganzes Vermögen, ich will nicht sagen, wo, eingenäht hatte. Und dann dacht ich auch an Onkel Eberhard, an unsern Onkelgeneral, und daß er doch eigentlich ..." In diesem Augenblick ging draußen die Klingel, und Friederike trat ein, um den Herrn General zu melden.

"Lupus in fabula." Aber ehe Leo noch das Wort aussprechen konnte, stand der Onkel schon in der Tür, legte den Finger halb dienstlich an die Schläfe und sagte: "Habe die Ehre, Frau Schwägerin." Die Mädchen eilten ihm entgegen, Leo natürlich desgleichen; als aber auch die alte Frau sich erheben wollte, versagten ihr die Kräfte, so sehr war sie bewegt von der Güte ihres Schwagers, für den sie immer eine besondere Liebe und Verehrung gehabt hatte.

"Sitzen bleiben, meine liebe Albertine. Das kommt von den zu jugendlichen Bewegungen. Bringe dir auch Grüße von meiner Frau... Und daß ich den Leo hier treffe! Wetter, Junge, du siehst brillant aus und wundervoll genährt. Freilich, freilich...", und er wies auf die Ente.

"An der du dich beteiligen mußt", sagte Manon. Und der Onkel rückte auch wirklich ein, band sich, was er selbst als altmodisch bezeichnete, eine Serviette vor und machte sich mit vielem Behagen daran, einen Flügel abzuknaupeln. "Delikat. Es ist übrigens bekannt, was wirklich Gutes kriegt man nur in den kleinen Haushaltungen. Und warum? In einem kleinen Haushalt kocht man noch mit Liebe. Ja, meine liebe Albertine, mit Liebe; das ist nun mal die Hauptsache."

"Du bist immer so gut, Eberhard, immer der alte. Und wenn es dir schmeckt... Aber sage vor allem, was führt dich her? In Winterszeit nach Berlin."

"Ja, Albertine, was führt mich her! Ich könnte sagen, dein Geburtstag. Aber du würdest es vielleicht nicht glauben, und da ist es doch wohl besser, daß ich gleich mit der Wahrheit herausrücke. Geschäftliches führt mich her, Hypotheken, Abschreibungen und auf der Bank allerlei Sachen. Eigentlich langweilig. Aber doch auch wieder interessant ..."

"Sehr, sehr", seufzte Leo und wollte dies weiter ausführen. Therese aber hob den Finger, um ihm Schweigen anzudeuten.

"... Und", fuhr der Onkelgeneral fort, "da die Reise nun mal nötig war, habe ich mir natürlich diesen vierten Januar ausgesucht, um meiner lieben Frau Schwägerin gratulieren zu können."

"Und du wirst bei uns wohnen", sagte die Majorin. "Wir können dir nicht viel bieten, aber wir haben doch die Aussicht auf den Matthäi..."

"Ich weiß, Albertine", sagte der General. "Alles sehr schön. Aber offen gestanden, ich ziehe den Potsdamer Platz vor, weil da das meiste Leben ist. Und Leben ist nun mal das Beste, was eine große Stadt hat. Das fehlt uns in Adamsdorf Ich bin also wieder im ›Fürstenhof‹ abgestiegen, bin da schon bekannt, und wahrhaftig, es sieht beinahe so aus, als freuten sich alle, wenn ich komme."

"Wird auch wohl so sein."

"Und wenn ich mich da morgens ins Fenster lege, links und rechts ein Sofakissen unterm Arm, und die frische Winterluft kommt so vom Hall'schen Tor her – was ich mir wohl gönnen kann, weil ich dran gewöhnt bin, denn von unsrer alten Koppe herunter pustet es noch ganz anders -, und ich habe dann so Café Bellevue und Josty vor mir, Josty mit dem Glasvorbau, wo sie schon von früh an sitzen und Zeitungen lesen, und die Pferdebahnen und Omnibusse kommen von allen Seiten heran, und es sieht aus, als ob sie jeden Augenblick ineinanderfahren wollten, und Blumenmädchen dazwischen (aber es sind eigentlich Stelzfüße), und in all dem Lärm und Wirrwarr werden dann mit einem Male Extrablätter ausgerufen, so wie Feuerruf in alten Zeiten und mit einer Unkenstimme, als wäre wenigstens die Welt untergegangen – ja, Kinder, wenn ich das so vor mir habe, da wird mir wohl, da weiß ich, daß ich mal wieder unter Menschen bin. und darauf mag ich nicht gern verzichten."

Leo nickte stumm.

"Also verzeih, Albertine, wenn ich ablehne. Bequemer gelegen ist der ›Fürstenhof‹ auch. Aber zusammen sein wollen wir doch. Jetzt ist es drei. Was machen wir heute? Kroll! Gut, das ginge. Da wird doch wohl eine Weihnachtsvorstellung sein, Schneewittchen oder Aschenbrödel; Aschenbrödel ist besser. In Schneewittchen haben wir den gläsernen Sarg. Und ich bin im ganzen genommen nicht für Särge, bin überhaupt mehr für heitere Ideenverbindungen."

"Ja, Onkel", sagte Leo, "da wäre vielleicht ein Theater das beste. Sie geben heute die ›Quitzows‹ an zwei Stellen: im Schauspielhause die richtigen Quitzows und am Moritzplatz die parodierten. Was meinst du zu den Quitzows am Moritzplatz?"

"Nein, Leo, das geht nicht, so gern ich sonst dergleichen sehe. Man ist doch seinem Namen auch was schuldig. Sieh, die Poggenpuhls waren in Pommern so ziemlich dasselbe, was die Quitzows in der Mark waren, und da, mein ich, verlangt es der Korpsgeist, daß wir uns eine Parodie der Sache nicht so ganz gemütlich mit ansehn." Therese erhob sich, um dem Onkel einen Kuß zu geben. "Es ist mir immer eine Genugtuung, Onkel, solcher Gesinnung zu begegnen. Leo verflacht sich mit jedem Tage mehr. Und warum, weil er dem Goldenen Kalbe nachjagt."

"Ja", sagte Leo, "das tu ich. Wenn es nur was hülfe."

"Wird schon", tröstete die sofort an Flora denkende Manon.

"Aber wozu das?" fuhr Leo fort. "Das liegt ja alles weitab. Vorläufig sind wir noch bei den Quitzows, bei den richtigen und den falschen. Die falschen sind abgelehnt, also ..."

"... die richtigen", ergänzte der General. "Die richtigen im Schauspielhause; da wollen wir hin. Und hinterher in ein Lokal, um da noch unsern kleinen Schwatz zu haben und, so gut es geht, festzustellen, was es denn eigentlich mit dem Stück auf sich hat. Es soll ein sehr gutes Stück sein, auch schon darin, daß es beiden Parteien gerecht wird, was doch immer eine schwere Sache bleibt. Aber, soviel hab ich schon gehört, der Dietrich von Quitzow soll interessanter sein als der Kurfürst Friedrich. Natürlich; das ist immer so. Wer mit dem Eisenhandschuh auf den Tisch schlägt, ist immer interessanter als der, der bloß eine Nachmittagspredigt hält. Damit kommt man nicht weit. Ich denke mir den Dietrich so wie etwa den Götz von Berlichingen, der vor dem Kaiser nicht erschrak und den Heilbronner Rat verhöhnte. Das war immer meine Lieblingsszene. Billets werden wir doch wohl kriegen, meinetwegen auch mit Aufschlag. Wenn man Poggenpuhl heißt, muß man für einen alten Kameraden von ehedem was übrighaben."

"Ein Glück, Eberhard", sagte die Majorin, "daß die Wände keine Ohren haben. So seid ihr Adligen. Und ihr Poggenpuhls... na, ich weiß ja, ihr seid immer noch von den besten. Aber auch ihr! Alles habt ihr von den Hohenzollern, und sowie die Standesfrage kommt, steht ihr gegen sie."

"Hast recht, Albertine. So sind wir. Aber es hat nicht viel auf sich damit. Wenn es gilt, sind wir doch immer wieder da. Da nebenan hängt der ›Hochkircher‹, nach wie vor ohne Rock, was ihn aber ehrt, und ich möchte beinahe sagen, was ihn kleidet, und hier" (und er wies auf das Bild über dem Sofa), "hier hängt der Sohrsche, und euer guter Vater, mein Bruder Alfred, nun, der liegt bei Gravelotte. Das sind unsre Taten, die sprechen. Aber wenn stille Tage sind, so wie jetzt, dann sticht uns wieder der Hafer, und wir freuen uns der alten Zeiten, wo's noch kein Kriegsministerium und keine blauen Briefe gab und wo man selber Krieg führte. Man soll es wohl eigentlich nicht sagen, und ich sag es auch nur so hin, aber eigentlich muß es damals hübscher gewesen sein. Die Bürger brauten das Bernauer und das Cottbusser Bier, und wir tranken es aus. Und so mit allem. Es war alles forscher und fideler als jetzt und eigentlich für die Bürger auch. Noch keine Konkurrenz. Nicht wahr, Leo?"

"Na, ob, Onkel. Alles viel schneidiger. Vielleicht kommt es noch mal wieder."

"Glaub ich auch. Nur nicht bei uns. Wir sind nicht mehr dran. Was jetzt so aussieht, ist bloß noch Aufflackern... Aber nun Schlachtplan für heute abend. Ich will zunächst in meinen ›Fürstenhof‹ und ein paar Zeilen an meine Frau schreiben, und um sechseinhalb seid ihr bei mir. Schwägerin, du auch."

"Nein, Eberhard. Für mich ist es nichts mehr, ich habe das Reißen und bleibe lieber zu Hause. Wenn ihr alle fort seid, will ich erst das Tageblatt lesen und dann den Abendsegen. Oder Friederike soll ihn lesen. Sie wundert sich schon, daß wir seit Silvester so wie die Heiden gelebt haben."

Siebentes Kapitel

Man hatte Billets erhalten, gute Plätze, vierte Parkettreihe. Mitterwurzer, der gerade zum Gastspiel in Berlin war, gab den Dietrich von Quitzow, und gleich die Szene mit Wend von Ilenburg, Akt zwei, schlug mächtig ein. In der bald darauf folgenden Zwischenpause wandte sich der immer erregter gewordene Onkelgeneral an die rechts neben ihm sitzende Therese und sagte: "Merkwürdig, ganz wie Bismarck. Und dabei beide, so spielt der Zufall, wie Wand an Wand geboren; ich glaube, von Schönhausen bis Quitzöwel kann man mit einer Windbüchse schießen, oder ein Landbriefträger läuft es in einem Vormittag. Wunderbare Gegend, diese Gegend da; Langobardenland. Ja, wo's mal sitzt, da sitzt es. Was meinst du, Leo?"

Leo hätte gern geantwortet, aber so freiweg er sonst war, er genierte sich doch einigermaßen, weil er sah, daß man auf den Reihen vor und hinter ihm bereits die Köpfe zusammensteckte und tuschelte. Der Onkel sah es auch, nahm's aber nicht übel und dachte nur: "Kenn ich; berlinische Zimperei."

Bald gegen zehn war die Vorstellung aus, und nach kurzer Beratung an einer etwas zugigen Ecke beschloß man, möglichst in der Nähe zu bleiben und in einem in der Charlottenstraße gelegenen Theaterrestaurant zu soupieren. Man fand hier alles so ziemlich besetzt, kam aber doch noch unter und traf nach Überfliegung der Speisekarte rasch die Wahl. Alle waren für Seezunge, mit Ausnahme von Therese, die sich für Makkaroni mit Tomaten erklärte. Gleich danach wurden ohne weiteres fünf Seidel wie ebenso viele Selbstverständlichkeiten vor sie hingepflanzt, und erst als diese Seidel schon halb geleert waren, erschien auch das Bestellte, was dem schon ziemlich nervös gewordenen alten General sein Gleichgewicht wiedergab. Er rückte nun seinen Teller etwas näher an sich heran, tröpfelte Zitronensaft auf die knusprige Panierung und sagte, während er gleich den ersten Bissen kennermäßig würdigte: "Ja, Berlin wird Weltstadt. Aber was mehr sagen will, es wird auch Seestadt. Sie reden ja schon von einem großen Hafen, ich glaube, da bei Tegel herum – und ich kann wohl sagen, diese Seezunge schmeckt, als ob wir den Hafen schon hätten oder als ob wir hier mindestens in Wilkens Keller in Hamburg säßen. Es sind das noch so Erinnerungen von achtundvierzig her, wo ich ein blutjunger Leutnant war, so wie Leo jetzt, nur schmalere Gage."

"Kann ich mir kaum denken, Onkel."

"Nun, wir wollen das fallenlassen; so was wird leicht persönlich, und im Persönlichen liegen immer die Keime zu Streitigkeiten. Aber Kunst, Kunst, darüber läßt sich reden; Kunst ist immer friedlich. Sagt, Kinder, was war das eigentlich mit dem Berliner Jargon in dem Stück? Schon gleich als die Straußberger kamen und der Torwart nach ihnen auslugte, ging es damit los. Und das alles so um 1411 herum."

"Ich denke mir", sagte Therese, "der Dichter, ein Mann von Familie, wird doch wohl seine Studien dazu gemacht haben. Vielleicht, daß er Wendungen und Ausdrücke, die dich verwundern, in alten Magistratsakten gefunden hat."

"Ach, Kind, das Berlinische, das da gesprochen wird, das ist noch keine hundert Jahre alt und manches noch keine zwanzig. Aber es mag wohl schwer sein. Am besten hat mir die polnische Gräfin gefallen, ich glaube Barbara mit Namen, eine schöne Person, das muß wahr sein. Auf dem Zettel stand: ›Natürliche Tochter König Jagellos von Polen‹. Will ich gern glauben; sie hatte so was, Augen wie Kohlen. Und dieser Dietrich; alle Wetter, muß *der* verwöhnt gewesen sein, um solche polnische Königstochter *so* abfallen zu lassen. Ich kenne nur wenig Fälle der Art, vielleicht den mit Karl dem Zwölften und der Aurora von Königsmarck. Aber dieser Fall ist eigentlich keiner. Denn das mit Karl dem Zwölften lag doch noch wieder anders; das hatte einen Haken..."

"Einen Haken? Welchen, Onkel?"

"Ach, Manonchen, das ist nichts für junge Damen. Und hier so öffentlich..."

"Dann sag es mir ins Ohr."

"Geht auch nicht. Sieh, das sind so Finessen, auf die man warten muß, bis man sie zufällig mal aufpickt, sagen wir auf einem Einwickelbogen oder auf einem alten Zeitungsblatt, da wo die Gerichtssitzungen oder die historischen Miszellen stehn. Denn nach meinen Erfahrungen umschließt die sogenannte Makulatur einen ganz bedeutenden Geschichtsfonds, mehr als manche Geschichtsbücher. Ich würde mich dabei vielleicht auf Leo berufen, wenn er nicht mit seinem Kneifer beständig nach dem eleganten jungen Herrn da drüben hinüberlorgnettierte; da drüben am zweiten Tisch von uns. Und nun grüßt er auch noch." Wirklich, Leo war während der letzten Minuten ziemlich unaufmerksam gewesen, und jetzt erhob er sich von seinem Platz und ging auf den jungen Herrn zu, von dem der Onkel eben gesprochen. Es war unschwer zu sehen, daß beide gleichmäßig verwundert waren, sich hier zu finden, und nachdem sie, wie's schien, ein paar orientierende Fragen ausgetauscht hatten, führte Leo den hier so unerwartet Wiedergefundenen an den Poggenpuhlschen Tisch und sagte: "Lieber Onkel, erlaube mir, daß ich dir Herrn von Klessentin vorstelle. Alter Kamerad von mir, noch von den Kadetten her... Meine drei Schwestern..." Herr von Klessentin, sehr gewandt und von typischer Leutnantshaltung, verbeugte sich gegen den General und die jungen Damen und bemerkte dann, daß er sich des Herrn Generals, der mal zum Besuch draußen in Lichterfelde gewesen sei, sehr wohl noch erinnere.

"Trifft zu, Herr von Klessentin. Ich war öfter draußen, mußte doch dann und wann nach dem Rechten sehn." Und dabei wies er auf Leo. "Hat freilich nicht viel geholfen. Aber wollen Sie nicht bei uns einrücken? Dies ist der beste Tisch hier, etwas abgetrennt von den übrigen und kein Zug."

Klessentin verbeugte sich, holte sein Seidel und nahm den Platz zwischen dem General und Therese.

"Wir haben uns hier seßhaft gemacht", fuhr der General fort, "weil es so nahe beim Theater ist... Sie waren drüben auch zugegen..."

"Zu Befehl, Herr General."

"... Und ich möchte beinahe wetten, Sie links im Parkett bemerkt zu haben, sechste oder siebente Reihe."

"Bedaure, Herr General; ich war dem Aktionsfeld um ein gut Teil näher..."

"Weiter vor?"

"Ja, Herr General. Auf der Bühne selbst."

Alle (Leo mit eingeschlossen) fuhren neugierig, aber doch auch ein wenig schreckhaft zusammen, und man war froh, als der Onkel in einem heiteren Tone sagte: "Da hat man Sie zu beglückwünschen, Herr von Klessentin. Hinter den Kulissen; à la bonne heure, so gut trifft es nicht jeder. Aber andrerseits, Pardon, bin ich doch auch wieder erstaunt, etwas Derartiges unter der jetzigen Verwaltung – die, soviel ich weiß, auf sittliche Strenge hält – sich überhaupt ermöglichen zu sehn. Oder sind es persönliche Beziehungen zum Graf Hochbergschen Hause?"

"Leider nicht, Herr General. Es handelt sich auch nicht um besondere, mich auszeichnende persönliche Beziehungen. Ich bin nämlich einfach Bühnenmitglied. Der Dietrich Schwalbe, dessen Sie sich vielleicht aus dem letzten Akt her entsinnen - auf dem Zettel steht Bannerträger; richtiger wäre vielleicht ›Quitzowscher Milchbruder‹ gewesen, aber diese Bezeichnung unterließ man wohl aus Delikatesse -, dieser Dietrich Schwalbe bin ich." Therese bog ein wenig nach links hin aus, während die beiden jüngeren Mädchen noch mehr aufhorchten als vorher und auf den wiedergefundenen Freund ihres Bruders mit einem rasch sich steigernden Interesse blickten. Leo selbst schien immer noch etwas unsicher und war froh, als der Onkel mit großer Jovialität fortfuhr: "Freut mich, Herr von Klessentin. Man kann seinem König an jeder Stelle dienen; nur auf die Treue des Dienstes kommt es an..."

Klessentin verbeugte sich.

"Aber was mich überrascht, ich habe den Zettel wenigstens dreimal durchstudiert und bin Ihrem Namen nicht begegnet..."

"Er fehlt auch, Herr General. Auf dem Zettel heiße ich einfach Herr Manfred, nach meinem Vornamen. Es ist das so Sitte. Manfred ist mein nom de guerre."

"Nom de guerre", lachte der Alte. "Vorzüglich. Ein Klessentin tritt aus der Armee und wird Schauspieler, und im selben Augenblick, wo er dem Kriegshandwerk entsagt, kriegt er einen nom de guerre. Ein Glück dabei, daß Sie solchen hübschen Vornamen hatten. Aber so hübsch er ist, ich möchte doch fragen dürfen, können nicht durch solche poetisch historischen Vornamen allerlei Komplikationen entstehen, können Sie nicht beispielsweise grade mit Manfred in eine gewisse Verlegenheit geraten?"

"Ich mag die Möglichkeit nicht geradezu bestreiten, Herr General. Aber wenn ich die ganze lange Reihe der Rollen und Stücke durchnehme, so kann ich mir, was speziell meinen Namen angeht, eine solche Komplikation doch nur für *den* Fall denken, daß ich den Lord Byronschen Manfred zu spielen hätte. Dann würd es freilich auf dem Zettel heißen müssen: ›Manfred... Herr Manfred‹, was – soviel muß ich zugeben – das Publikum einigermaßen stutzig machen und eine momentane Verwirrung heraufbeschwören könnte."

"Versteh, versteh. Eine Verwirrung übrigens, aus der Sie nichtsdestoweniger einen Ausweg finden würden."

"Ich glaube dies bejahen zu dürfen, immer für den Fall, daß ich überhaupt in die hier angedeutete Lage kommen sollte. Das ist aber so gut wie ausgeschlossen, weil ganz außerhalb meiner Sphäre."

"Sie sind dessen sicher?"

"Vollkommen, Herr General. Der Lord Byronsche Manfred..."

"Und dann, Pardon, Herr von Klessentin, der ältere Bruder in der ›Braut von Messina‹... der, wenn mir recht ist, etwas weniger schuldbelastete..."

"... Zu Befehl, Herr General. Aber, Verzeihung, das ist eigentlich ein Don Manuel."

"Ah, richtig, richtig. Den Manuel, Don Manfred oder auch bloß Manfred, das ist mir durcheinandergelaufen... Und Sie meinen, dieser Manfred, also wahrscheinlich auch dieser Manuel, beide Rollen, wie Sie sich ausdrückten, lägen ganz außerhalb Ihrer Sphäre."

"Gewiß, Herr General. Der Byronsche Manfred ist eine Pyramidalrolle, groß, erhaben wie Lord Byron selbst, während ich durchaus auf einer Anfängerstufe stehe."

"Das ändert sich. Das ist überall dasselbe. Heute Fähnrich und nach vierzig Jahren General; kommt Zeit, kommt Rat."

"Wollte Gott, daß es so läge, Herr General. Aber es liegt anders. Ich bin nun mal in der Bühnenlaufbahn drin und muß jetzt dabei verbleiben, ein ewiges Umsatteln macht einen schlechten Eindruck. Aber es ist mir, gerade seit ich dabei bin, ganz klargeworden, daß ›Herr Manfred‹ kein großer Künstlername werden wird... Es ist möglich oder wenigstens sehr wünschenswert, daß ich über kurz oder lang eine sogenannte gute Partie machen werde, nach welchem Ereignis ich keinen Augenblick zögern würde, mich von der Bühne wieder zurückzuziehen. Ich bin eigentlich gern Schauspieler, ja, ich könnte beinahe sagen mit Passion; aber trotzdem... eine Tiergartenvilla mit einem Delphinbrunnen, der immer plätschert und den Rasen bewässert..."

"Eine solche Villa, mein lieber Klessentin, würden Sie vorziehen. Das ist das, was ich eine gesunde Reaktion nenne. Gott gebe seinen Segen dazu. Ja, Park mit Reh und Wasserfall und mit alten Platanen, im Herbste goldgelb – das hat es mir auch angetan. Aber solange Sie nun noch mitmachen, ist da nicht ein Avancement möglich?"

"Schwerlich, Herr General."

"... Und wenn nicht – verzeihen Sie meine Neugier, aber ich interessiere mich für all dergleichen -, also wenn nicht, in welchem Rollenfache hat man Sie denn eigentlich zu suchen? Wenn ich wieder auf meinem Gute sitze und nehme die Zeitung und lese: ›Morgen, Mittwoch: "Wilhelm Tell"‹, so will ich, nachdem ich das Vergnügen Ihrer Bekanntschaft gehabt habe – denn Sie gefallen mir außerordentlich, Herr von Klessentin; verzeihen Sie, daß ich Ihnen das so ohne weiteres sage -, so will ich doch wissen, wo ich Sie im ›Tell‹ unterzubringen habe; für den Attinghaus sind Sie zu jung und für den Geßler nicht dämonisch genug; aber vielleicht Rudenz."

"Sie greifen immer noch um etliche Stufen zu hoch, Herr General. Es gibt allerdings ein paar Ausnahmefälle, so zum Beispiel heute abend, wo ich mich als Quitzowscher Bannerträger von dem eigentlichen Gros um ein geringes abheben durfte, im ganzen aber dürfen mich der Herr General immer nur da suchen, wo Sie Gruppen und Rubriken finden: Erster Bürger, zweiter Mörder, dritter Pappenheimer; so sind mir die Würfel gefallen. Speziell im ›Tell‹ bin ich natürlich mit auf dem Rütli und habe da den Mondregenbogen und dann später das Alpenglühen dicht hinter mir. Trotzdem – ich habe bis jetzt immer nur den Meier von Sarnen und ein einziges Mal auch den Auf der Mauer gespielt, und ich darf hinzusetzen, mein Ehrgeiz versteigt sich überhaupt nicht höher als bis zu Rösselmann. Ein schwacher Aufstieg. Aber um Ihnen nichts zu verschweigen, man verletzt auch schon durch ein so bescheidenes Avancement andrer Interessen. Und so viel liegt mir wieder nicht dran."

"Bravo, bravo. Ganz mein Fall. Nur nicht andre beiseite schieben, nur nicht über Leichen."

"Und dann, Herr General, wie man mit Recht sagt, daß auch die kleinen Existenzen ihre großen Momente haben, so ganz besonders auch beim Theater. Da ist beinahe keiner unter den mir gleichgestellten Kollegen, der sich nicht sagte: ›Ja, dieser Matkowsky! dieser Matkowsky spielt den Mortimer und den Prinzen in Calderons "Leben ein Traum", und er spielt beide gut, sehr gut; aber den Frießhardt (das ist, Verzeihung, der Kriegsknecht, der vor Geßlers Hut Wache steht) oder den Deveroux, der den Wallenstein mit der Partisane niederstößt, oder die Hexe im "Faust" oder – verzeihen Sie, meine Damen, daß ich meine Beispiele anscheinend mit Vorliebe grade aus dieser Sphäre nehme – die dritte "Macbeth"-Hexe, die spiele ich, da bin ich ihm über, diesem Matkowsky‹... Und solche glücklichen Momente habe ich auch."

"Mir sehr interessant, mein lieber Herr von Klessentin. Und nun müssen Sie auch noch einen Schritt weiter gehn und außer dem Meier von Sarnen, von dem ich, offen gestanden, eine nur dunkle Vorstellung habe, mir also außer diesem Meier von Sarnen noch ein paar andre Ihrer Paradepferde nennen, klein oder groß, denn man kann bekanntlich auch auf einem Pony paradieren."

"Es schmeichelt mir, soviel freundlichem Interesse bei Ihnen zu begegnen, und ich wünsche nur, daß meine gern abzulegenden Geständnisse mich um dies freundliche Interesse nicht bringen mögen. Meine Begabung, wenn überhaupt von einer solchen die Rede sein kann, liegt nämlich sonderbarerweise nach der Seite des Grotesken hin; auch meine heutige Rolle streifte wenigstens dieses Gebiet, und so darf ich denn wohl sagen, daß ich meine kleinen Triumphe bisher im ›Sommernachtstraum‹ und besonders in Shakespeares ›Heinrich dem Vierten‹, zweiter Teil, errungen habe. Der Zufall, ein glücklicher oder unglücklicher, hat es so gefügt, daß ich die ganze Reihe der Falstaffschen Rekruten, also des sogenannten ›Kanonenfutters‹, durchgespielt habe, mit Ausnahme des Schwächlich. Einmal wurd ich sogar durch Händeklatschen von seiten Seiner Majestät ausgezeichnet, was mich begreiflicherweise sehr beglückte. Beim Publikum aber hab ich bisher in der Rolle des Bullkalb am meisten angesprochen."

Therese begleitete dies Wort mit einer stolzen Kopfbewegung, die Herrn von Klessentin nicht entging, weshalb er sofort hinzusetzte: "Wenn man erst mal, und ich muß deshalb wiederholentlich die Verzeihung der Damen anrufen, beim Beichten ist, so kommen leicht Dinge zum Vorschein, die mehr oder weniger anstößig wirken. Und besonders wenn Shakespeare in Frage steht. In eben diesem ›Heinrich dem Vierten‹ begegnen wir Personen und Namen, einer Witwe Hurtig beispielsweise... Nun, diese Witwe selbst möchte vielleicht noch gehn, aber neben ihr waltet auch ein blondes Dorchen seines Amtes, ein junges Mädchen mit einem Zunamen..."

"Oh, ich weiß, ich weiß", lachte Manon.

"Du weißt es *nicht*", sagte Therese mit dem ganzen Ernst einer älteren Schwester, die den Schul- und Erziehungsgang der Jüngeren überwacht und daraufhin eine Verantwortlichkeit übernommen hat.

"Doch, doch, und Leo kann es bezeugen. Und er *muß* es sogar, damit der Ärmste mal wieder zu Worte kommt. Er ist ja ganz in bewunderndem Zuhören aufgegangen, und ich wette, er hat die ganze Zeit über überlegt, welche Rollen ihm am besten passen würden."

Sophie legte den Finger auf den Mund. Aber Manon sah es nicht oder wollte es nicht sehen und fuhr fort: "Und wir erleben es auch noch, daß wir nach dem Vorbilde von ›Manfred... Herr Manfred‹ auf dem Theaterzettel lesen: ›Leo... Herr Leo‹. Der von ihm zu Spielende muß aber natürlich ein Papst sein, unter dem tu ich es nicht. Ja, Leo, das ist mein Ernst. Und ich würde mich vielleicht auch freuen, dich auf der Bühne zu sehn,. Warum auch nicht? Ich meine, man muß nur berühmt sein; auf welchem Gebiet, ist eigentlich ganz gleich."

"Das ist dann", unterbrach Therese, "der Grundsatz jenes auch berühmt Gewordenen, der den Tempel zu Korinth anzündete..."

"Ephesus..." , verbesserte Leo. "Korinth, da waren die Kraniche..."

"Das ist gleich, Tempel ist Tempel. Im übrigen, verzeih, Onkel, wenn ich, dir vorgreifend, an unsern Aufbruch mahne. Auch Herr von Klessentin wird mir verzeihen. Aber unsre gute Mama..."

"Versteht sich, versteht sich. Und noch dazu heute an ihrem Geburtstage... Leo" (und Onkel Eberhard nahm bei diesen Worten einen Schein aus seiner Brieftasche), "bitte, bemächtige dich des Kellners und bring alles ins klare. Herr von Klessentin, Sie begleiten uns vielleicht eine Strecke..."

"Mir eine große Ehre, Herr General. Aber bitte zugleich verzeihen zu wollen, wenn ich schon an der Friedrichstraßenecke mich verabschiede. Eine Verabredung... zwei Kameraden von meinem alten Regiment. Ich würde versuchen", und er wandte sich an die jungen Damen, "Ihnen auch Ihren Herrn Bruder abtrünnig zu machen (wenn man mal in Berlin ist, will man auch Berliner Luft genießen), aber ich zweifle, daß seine ritterlichen Gesinnungen ihm diese Fahnenflucht gestatten."

"Es wird sich leider verbieten, Herr von Klessentin", sagte Therese mit einem bedeutungsvollen Lächeln. "Und was die Berliner Luft angeht, ich glaube, wir haben sie in der Großgörschenstraße reiner als in der Friedrichstraße ..."

"Reiner, aber nicht echter... mein gnädigstes Fräulein." Leo, der inzwischen die Rechnung beglichen hatte, gesellte sich ihnen wieder, und so brach man denn in corpore auf: der General mit Therese, Leo mit Manon, Herr von Klessentin mit Sophie, die weniger gesprochen, aber durch ihre Mienen all die Zeit über ein besonderes Interesse gezeigt hatte. Sie fragte während ihres jetzt beginnenden Geplauders mit ihrem Partner auch nach Fräulein Conrad, von deren Verlobung sie ganz vor kurzem gehört habe. "Der Verlobte", so bemerkte sie, "soll ein sehr scharfer Kritiker sein. Ich denke es mir schwer, einen Kritiker immer zur Seite zu haben. Es bedrückt und lähmt den höheren Flug."

"Nicht immer. Wer fliegen kann, fliegt doch."

"Ich freue mich, das aus Ihrem Munde zu hören..."

Und bei diesen Worten hatte man die Ecke der Leipziger und Friedrichstraße erreicht, und Herr von Klessentin empfahl sich; die Poggenpuhls aber gingen weiter auf das Potsdamer Tor zu, wo man sich am "Fürstenhofe" – nachdem Leo nicht bloß eine exakte Rechnungsablegung, sondern zu des Onkels großer Erheiterung auch eine Behändigung des verbliebenen Restes versucht hatte – mit einem "Bis auf morgen" voneinander verabschiedete.

Achtes Kapitel

Mitternacht war dicht heran, als die Geschwister vor ihrer Wohnung eintrafen. Sophie hatte den Schlüssel und schloß auf In einer gewissen Erregung, in der sie sich mehr oder weniger befanden, sprachen sie ziemlich laut auf der Treppe, was das Gute hatte, daß ihnen die über das lange Ausbleiben schon etwas unruhig gewordene Friederike bis in den zweiten Stock entgegenkam und leuchtete.

"Mama noch auf?" fragte Leo.

"Nein, junger Herr. Die gnädige Frau hat sich schon gleich nach neun zu Bett gelegt; es war ihr so kalt. Aber sie liegt bloß, sie schläft noch nicht."

Unter diesem kurzen Gespräche hatten die jungen Damen ihre Mäntel, Leo seinen Paletot abgelegt, und alle traten gemeinschaftlich in das große Schlafzimmer, um die Mama noch zu begrüßen, während sich Friederike in ihre Küche zurückzog. Die Majorin saß mehr im Bett, als sie lag, und schien in besserer Stimmung als gewöhnlich. "Aber Kinder, so spät; nachtschlafende Zeit; ich dachte schon, es wäre was passiert ..."

"Ist auch, Mutter."

"Na, das mag was Schönes sein. Vielleicht hast du dein Vermögen verloren. Aber davon hör ich noch immer früh genug. Komm, Manon, gib mir deine Hand und sieh mich an. Und nun rückt euch Stühle ran und erzählt. Und du, Leo, kannst dich unten auf die Bettkante setzen. Es ist immer noch nicht so hart wie Lattenstrafe; die gab es noch, als ich jung war. Ihr seid ja runde sechs Stunden weg gewesen, und ein wahres Glück, daß ich Friederike habe, mit der ich mich aussprechen kann."

"Was du wohl auch redlich getan hast", sagte Therese. "Du machst dich immer so vertraulich mit ihr, mehr als eine Herrschaft wohl eigentlich sollte."

"Meinst du?" sagte die Majorin, während sie sich in ihrem Bett noch etwas höher hinaufrückte. "Was meine vornehme Therese nicht alles weiß und meint. Aber nun will ich dir auch sagen, was *ich* meine. *Ich* meine, daß solche schlichte Treue das Allerschönste ist, das Schönste für den, der sie gibt, und das Schönste für den, der sie empfängt. Die Liebe der Kinder, auch wenn es gute Kinder sind, die hat keine Dauer; die denken an sich, und ich will's auch nicht tadeln und nicht anders haben; aber solch altes Hausinventar wie die Friederike, die will nichts als helfen und beistehn und fordert weiter nichts, als daß man mal ›danke‹ sagt. Und ich sage dir, Therese, da steckt ein gut Teil Christentum drin."

"Ja, das glaubst du immer, Mutter."

"Nein, das glaube ich nicht, das weiß ich. Aber wir wollen das lassen; Leo soll lieber erzählen, wie alles war."

"Ja, Mama, wenn ich davon erzählen soll, so kann ich es nur nach einer Disposition, dreigeteilt, also wie 'ne Predigt."

"Bitte, Leo..."

"Dreigeteilt also schlechtweg, ohne Zubemerkung oder Vergleich. Erster Teil: Onkel und die Quitzows; zweiter Teil: Onkel und Herr Manfred (Manfred ist nämlich mein Kadettenfreund Klessentin) und dritter Teil: Onkel und... Aber davon erst nachher; ich will meinen besten Trumpf nicht gleich in einer großen Überschrift ausspielen."

"Ach, Leo, das sind ja wieder Flausen; hinterher ist es gar nichts."

"Fehlgeschossen, wie du gleich sehen wirst. Aber jetzt aufgepaßt. Erst also: Onkel und die Quitzows."

"Der gute Onkel! Er wird natürlich über all die Rodomontaden entzückt gewesen sein."

"Mitnichten, Mutter. Ich möchte vielmehr umgekehrt annehmen, daß er, trotzdem er den Dietrich von Quitzow bewunderte, nicht so recht auf seine Kosten gekommen ist. Aber es stehe dahin. Nur soviel, als die Straußberger mit Sack und Pack anrückten, sprach er ziemlich laut (und jedenfalls so, daß es einen genieren konnte) von Mühlendamm und Trödelmarkt. Am meisten gefallen hat ihm offenbar eine hübsche Gräfin, eine gewisse Barbara, die bei den Pommernherzögen, das mindeste zu sagen, gut angeschrieben stand und es nun auch mit unserm Dietrich von Quitzow versuchen wollte. Aber da kam sie schön an. Die Mark vertrat schon damals die höhere Sittlichkeit, also dasselbe, wodurch sie später so groß geworden ist."

"Spotte nicht."

"Und der Onkel zeigte auch darin wieder seine pommersche Abstammung, daß er gleich in hellen Flammen stand und von Manfred Klessentin, den wir nach der Vorstellung im Theaterrestaurant trafen, auf der Stelle wissen wollte, wer denn eigentlich die Gräfin sei. Das heißt, die Schauspielerin, die die Gräfin gab."

"Eine schöne Geschichte..."

"... Und da haben wir denn mit guter Manier auch gleich die Überleitung auf Teil zwei, auf Onkel Eberhard und Manfred Klessentin. Aber davon können dir am Ende die Mädchen geradesogut erzählen wie ich selbst."

Die Mama nickte.

"... Und so denn lieber gleich Teil drei unter der imposanten Oberschrift: Onkel Eberhard und der Hundertmarkschein. Und noch dazu ein ganz neuer. Ja, Mama, das war ein großer Moment. Er existiert zwar nicht mehr als Ganzes, ich meine natürlich den Schein, aber doch immer noch in sehr respektablen Überresten. Hier sind sie. Wie du dir denken kannst, sträubt ich mich eine ganze Weile dagegen, als ich aber sah, daß er es übelnehmen würde..."

"Leo, so hast du noch nie gelogen..."

"Selbstverspottung ist keine Lüge, Mama. Aber du siehst daran so recht, wie unrecht du mit deiner ewigen Sorge hast. ›Noch am Grabe pflanzt er die Hoffnung auf‹, solch großes Dichterwort ist nicht umsonst gesprochen und darf nie vergessen werden. Ich bekenne gern, daß ich den ganzen Abend über wegen des Rückreisebillets in einer gewissen Unruhe war, denn ich darf wohl sagen, ich gebe lieber, als ich nehme..." Die Mädchen lachten.

"... Indessen, Gott verläßt keinen Deutschen nicht und einen Poggenpuhl erst recht nicht, und wenn die Not am größten ist, ist die Hilfe am nächsten. So hab ich es immer gefunden. Und so schwimm ich denn augenblicklich ganz kreuzfidel wieder obenauf und, so Gott will, eine ganze Welle noch. Denn die Rückreise macht keinen großen Abstrich, auch wenn ich erster Klasse fahre."

"Aber Leo..."

"Beruhigt euch, Kinder. Ich werde ja nicht erster Klasse fahren; es beglückt mich nur, so einen Augenblick denken zu können, ich könnt es. Alles bloß Phantasie, Traumbild. Aber *das* ist ernst: ich will wissen, wieviel ich von meinem Vermögen hier lassen soll; jede Summe ist mir recht, und ich will auch keine Rückzahlung und keine Zinsen. Ich will vielmehr diesen Zustand voll und rein genießen und will Wendelin mal übertrumpfen. Aber ihr sagt ja nichts, auch du nicht, Mama."

"Nun, ich nehme es für genossen an, Leo. Und nun geh in die Vorderstube, und nimm Manon mit, sie kann dir da beim Packen behilflich sein. Aber haltet euch nicht zu lange damit auf; ich weiß schon, ihr kommt immer ins Schwatzen und könnt dann kein Ende finden. Und nun gute Nacht, und wir nehmen auch gleich Abschied. Komm morgen früh nicht an mein Bett, und bringe Wendelin meine Grüße, und es wäre hübsch von ihm gewesen, daß er dir diese Reise gegönnt. Er wäre nun schon der Beste von der Familie, ganz anders..."

"Wie Leo..."

"Ja, ganz anders. Aber du kannst doch bleiben, wie du bist. So sind alle alten Mütter; die Tunichtgute sind ihnen immer die liebsten, wenn sie nebenher nur das Herz auf dem rechten Fleck haben. Und das hast du. Du taugst nichts, aber du bist ein lieber Kerl. Und nun gute Nacht, mein Junge."

Er streichelte sie und gab ihr einen Kuß, und dann ging er mit der jüngsten Schwester, die seine besondere Vertraute war, nach vorn, um da für den Abreisemorgen alles in Ordnung zu bringen. Als sie mit dem Kofferpacken fertig waren, nahm Manon Leos Hand und sagte: "Setz dich da in die Sofaecke; ich muß noch ein paar Worte mit dir sprechen."

"Brrr. Das klingt ja ganz ernsthaft. Ist es so was?"

"Ja, es ist so was. Freilich in deinen Augen kaum. Und nun höre zu, ganz aufmerksam. Ich bin nämlich einigermaßen in Sorge, daß du, deiner ewigen Schulden halber, falsche Schritte tust. Und noch dazu in Thorn. Ich bitte dich, übereile nichts. Du hast neuerdings ein paarmal Andeutungen gemacht, erst in deinen Briefen und nun auch hier wieder, so heute abend noch auf dem Heimwege. Du weißt, daß ich in dieser delikaten Sache nicht wie Therese denke; sie hält die Poggenpuhls für einen Pfeiler der Gesellschaft, für eine staatliche Säule, was natürlich lächerlich ist; aber du deinerseits hast umgekehrt eine Neigung, zuwenig auf unsern alten Namen zu geben oder, was dasselbe sagen will, auf den *Ruhm*unsres alten Namens. Ruhm und Name sind aber viel."

"Kann ich zugeben, Manon; aber wer hat heutzutage *nicht* einen Namen? Und was *macht* nicht alles einen Namen! Pears Soap, Blookers Cacao, Malzextrakt von Johann Hoff. Rittertum und Heldenschaft stehen daneben weit zurück. Nimm da beispielsweise den Marschall Niel! Er hat, glaub ich, Sebastopol erobert und war, wenn ich nicht irre, verzeih den Kalauer, ein Genie im ›Genie‹; jedenfalls eine militärische Berühmtheit. Und doch, wenn nicht die Rose nach ihm hieße, wüßte kein Mensch mehr, daß er gelebt hat. Indessen lassen wir Niel; was geht uns am Ende Niel an? Nehmen wir lieber etwas, was uns viel, viel näher liegt, nehmen wir da beispielsweise den großen Namen Hildebrand. Es gibt, glaub ich, drei berühmte Maler dieses Namens, der dritte kann übrigens auch ein Bildhauer gewesen sein, es tut nichts. Aber wenn irgendwo von Hildebrand gesprochen wird, wohl gar in der Weihnachtszeit, so denkt doch kein Mensch an Bilder und Büsten, sondern bloß an kleine dunkelblaue Pakete mit einem Pfefferkuchen obenauf und einer Strippe drum herum. Ich sage dir, Manon, ich habe mein Poggenpuhlhochgefühl geradesogut wie du und fast so gut wie Therese; wenn ich dieses Hochgefühls aber froh werden soll, so brauche ich zu meinem Poggenpuhlnamen, der, trotz aller Berühmtheit, doch leider nur eine einstellige Zahl ist, noch wenigstens vier Nullen. Eigentlich wohl fünf."

"Ich habe nichts dagegen, Leo, daß du so rechnest; ganz im Gegenteil. Bin ich doch selber nicht ängstlich in diesem Punkte. ja, ich gebe zu, du *mußt* so rechnen. Aber ich fürchte, du rechnest nicht an der richtigen Stelle. Da sind Bartensteins, da ist Flora... ja, das wäre was. Flora Bartenstein ist ein kluges und schönes Mädchen und dazu meine Freundin. Und reich ist sie nun schon ganz gewiß. Also darüber ließe sich reden. Aber in Thorn, wovon du beständig schreibst und sprichst... freilich immer nur so dunkel und bloß in Andeutungen. Ich bitte dich, Leo, was soll das? In Thorn...! Wie heißt sie denn eigentlich?"

"Esther."

"Nun, das ginge. Viele Engländerinnen heißen so. Und ihr Vatersname?"

"Blumenthal."

"Das ist freilich schon schlimmer. Aber am Ende mag auch das hingehen, weil es ein zweilebiger Name ist, sozusagen à deux mains zu gebrauchen, und wenn du Stabsoffizier bist (leider noch weitab), und es heißt dann bei Hofe, wo du doch wohl verkehren wirst: ›die Frau Majorin oder die Frau Oberst von Poggenpuhl ist eine Blumenthal‹, so hält sie jeder für eine Enkelin des Feldmarschalls. Ein Poggenpuhl, der eine Blumenthal heiratet, soviel Vorteil muß man am Ende von einem alten Namen haben, rückt sofort auf den rechten Flügel der Möglichkeiten."

"Bravo, Manon. Also deine Bedenken zerrinnen."

"Doch nicht ganz; soviel kann ich nicht zugeben. Ich mühe mich nur einfach, aus Esther und Blumenthal das Beste zu machen. Außerdem, ich begreife deine Lage, fühle den Druck mit und freue mich, daß du heraus willst. Aber wenn es irgend sein kann, bleibe im Lande und nähre dich redlich; laß es nicht an der Weichsel sein, nicht Esther; sie kann, wie sie auch sei, an Flora nicht heranreichen. Zudem, die ganze Bartensteinsche Familie – es sind drei Brüder, zwei in der Voßstraße – hat ein besonderes Ansehen; der, in dessen Hause ich verkehre, ist ein Ehrenmann, beiläufig auch noch ein Humorist, und ich bin sicher, daß er bei der nächsten Anleihe geadelt wird. In meinen Augen ist das nicht von Bedeutung, ja, beinahe störend, denn ich hasse alles Halbe, was es doch am Ende bleibt. Aber vor der Welt..."

"Ich will es mir überlegen, Manon. Vorläufig find ich es entzückend, so gleichsam die Wahl zu haben; wenigstens kann ich mir so was einbilden. Am liebsten freilich blieb ich noch eine Welle, was ich bin; ein Junggeselle steht doch obenan. Nur der ›Witwer‹ mit seinem Blick in Vergangenheit und Zukunft steht vielleicht noch höher. Aber das kann man nicht gleich so haben. Und nun gehab dich wohl. Mama wird sich schon wundern, was wir noch alles wieder miteinander gehabt haben." Und bei diesen Worten trennten sie sich. Manon aber trat noch an das Bett der Mutter, um zu sehen, ob sie schliefe. "Du hast geweint, Mama."

"Ja, Kind. Aber gute Tränen; die tun wohl."

Neuntes Kapitel

Manon war früh auf, um dem Bruder noch bei der Abreise behilflich zu sein, die beiden andern Schwestern aber beschränkten sich darauf, als Leo den Korridor passierte, ihm ihre Arme durch den Türspalt entgegenzustrecken.

"Ich kenne euch doch", sagte Leo, "der dicke Arm, das ist Sophie." Die von ihm gestellte Diagnose war denn auch richtig, aber für Therese verletzlich, und so empfing der Abschiedsmoment einen kleinen Beigeschmack von Verstimmung. Friederike, die natürlich mit aufgestanden war, trug den Koffer bis an den nächsten Droschkenstand, und als Leo hier gewählt und Platz genommen und dem Kutscher "Friedrichstraßenbahnhof" zugerufen hatte, drückte er Friederike etwas in die Hand, das diese – trotzdem ihr bei den Poggenpuhls eigentlich wenig Gelegenheit gegeben war, ein feines Abschätzungsvermögen für im Halbdunkel gereichte Trinkgelder auszubilden – sofort als einen richtigen preußischen Taler erkannte. Der Schreck darüber war beinahe noch größer als die Freude.

"Gott, junger Herr..."

"Ja, Friederike, die Tage sind verschieden, und wenn es nach mir ginge..."

"Nein, nein..."

"... Und wenn es nach mir ginge, so nähm ich gleich den ausgehöhlten Edamer, der doch wohl noch da ist, und schüttete ihn dir voll lauter Goldstücke. Na, nun mit Gott, vorwärts." Und dabei gab er ihr noch die Hand, und die Droschke setzte sich in eine wilde, aber schnell nachlassende Bewegung. Auf dem Heimwege von der Potsdamerstraßenecke bis wieder nach Hause kamen Friederike allerlei Betrachtungen. "Es kann einen doch eigentlich rühren", sagte sie. "Und wenn ich dann so an das reiche Volk denke, wo ich früher war, und gar kein Mensch nich. Und daneben nun diese Poggenpuhls! Eigentlich haben sie ja gar nichts, un mitunter genier ich mich, wenn ich sagen muß: ›ja, gnäd'ge Frau, der Scheuerlappen geht nu nich mehr.‹ Aber sie haben doch alle so was, auch die Therese; sie tut wohl ein bißchen groß, aber eigentlich is es doch auch nich schlimm. Un nu das Leochen! Ein Tunichtgut ist er und ein Flausenmacher, da hat die arme alte Frau ganz recht, un hat auch seinen Nagel, wie sie alle haben, bloß die Frau nich... na, die hat sich zu sehr quälen müssen, un da vergeht es einem... Aber man ist doch immer ein Mensch, un darin sind sie sich alle gleich. Ich bin froh, daß ich solche Stelle habe; satt wird man ja doch am Ende, un wenn es mitunter knapp is, denn kosten sie bloß un lassen einen alles; aber ich mag denn auch nich; wenn man das so sieht, da steckt es einen auch in 'n Hals un will nich runter. Ja, ja, das liebe Geld... Un 'n Taler. Wo er ihn bloß herhat? Na, der Onkel wird wohl ordentlich in die Tasche gegriffen haben."

Als Friederike wieder oben war, fand sie die beiden älteren Mädchen schon am Kaffeetisch, und Manon kniete vor dem Ofen, um einzuheizen. Als es zuletzt brannte, kam auch die Mutter und nahm wie gewöhnlich ihren Platz auf dem Sofa.

"Na, ist er gut fortgekommen?"

"Ja, Mama", sagte Manon, "und ich soll dir auch noch einen Kuß von ihm geben, und du wärst doch die Beste, wenn du auch keine richtige Poggenpuhl wärst..."

"Nein, das bin ich nicht. Gott, Kinder, wenn ich auch eine wäre, da wäre die Elle schon lange viel länger als der Kram."

"Ach laß doch; es geht auch so. Nur immer Mut. Ich hatte mir schon vorgenommen, mit Flora zu sprechen, und da mit einmal kam der Onkel..."

"Ja, der hat mal wieder geholfen. Aber man muß nicht denken, daß es immer so geht..."

"Nicht immer, Mama; aber doch beinah."

"Ja, du bist auch solch Leichtfuß, ganz wie der Bruder. Und mit dem jungen Klessentin wird es wohl auch so gewesen sein. Da seht ihr, was dabei herauskommt. Und nun heißt er Herr Manfred. Und wenn nicht ein Wunder geschieht, und ihr habt ja auch schon so was gesagt, so lesen wir auch noch mal auf dem Theaterzettel: Herr Leo. Wie fandet ihr denn den jungen Klessentin? Und wie kam denn der Onkel mit ihm aus oder er mit dem Onkel? Es muß doch eine rechte Verlegenheit gewesen sein."

"Nein, Mama", sagte Sophie. "Und warum auch? Man muß es nur immer richtig ansehen. Ich bin doch auch von Adel und eine Poggenpuhl, und ich male Teller und Tassen und gebe Klavier- und Singunterricht. Er spielt Theater. Es ist doch eigentlich dasselbe."

"Nicht so ganz, Sophie. Das Öffentliche. Da liegt es."

"Ja, was heißt öffentlich? Wenn sie bei Bartensteins tanzen und ich spiele meine drei Tänze, weil es unfreundlich wäre, wenn ich ›nein‹ sagen wollte, dann ist es auch öffentlich. Sowie wir aus unsrer Stube heraus sind, sind wir in der Öffentlichkeit und spielen unsre Rolle."

"Gut, gut, Sophie. Du sollst recht haben; ich will es glauben. Aber der junge Klessentin. Was spielt er denn eigentlich? Ich habe doch noch nie von ihm gelesen."

"Er hat immer nur ganz kleine Rollen und nannte auch ein paar. Aber, was einen trösten kann, er setzte gleich hinzu, das mache keinen rechten Unterschied, und die kleinen Rollen, auf die käm es mitunter auch an, geradesogut wie auf die großen. Und alles, was er sagte, klang so nett und so zufrieden und so voll guter Laune, daß Onkel Eberhard ganz eingenommen von ihm war und ihn beglückwünschte."

"Ja, das glaub ich. Der gute Onkel ist eine Seele von Mann und kann das Wichtigtun und das Auf-Stelzen-Gehen nicht leiden, und wenn einer sagt: ›Ich bin fürs Kleine‹, der hat gleich sein Herz gewonnen. Er mag's nicht, wenn die Menschen sich aufblasen und so tun, als ob sie ohne Atlastapeten nicht leben könnten. Er ist für seine Person beinahe bedürfnislos und mit allem zufrieden, und deshalb will ich ihn auch bitten, heute mittag mit uns fürliebzunehmen. Denn ich denke doch, daß er noch mit herankommt. Was können wir ihm denn wohl vorsetzen? Du hast ja die Woche, Sophie; was meinst du?"

"Nun, ich meine: Weißbiersuppe mit Sago, die hat ihm das vorige Mal so gut geschmeckt. Und dann haben wir noch eine kleine Schüssel Teltower Rüben und können von der Spickgans aufschneiden."

"Das wird nicht gehen", sagte Therese. "Die Spickgans ist aus Adamsdorf, von der Tante."

"Tut nichts. Spickgänse kann man nicht unterscheiden. Und wenn er es merkt, ist es eigentlich eine kleine Aufmerksamkeit. Und als dritten Gang denk ich mir dann Sahnebaisers von Konditor Eschke drüben. Und dann Butterbrot und Käse."

Die Mutter, die das Ganze nur als eine symbolische Handlung ansah und sehr wohl wußte, daß der Onkel vorher gefrühstückt haben würde, war mit diesem Menü zufrieden und verlangte nur noch, daß die Töchter, die noch nachträgliche Neujahrsvisiten in der Stadt zu machen hatten, um spätestens zwei Uhr wieder zu Hause wären, weil es sonst zu spät würde. Bis dahin wollte sie den Onkel schon festhalten. Und nachdem auf diese Weise alles geordnet war, räumte man den Kaffeetisch ab und begab sich in das Hinterzimmer, um da für die noch ausstehenden Besuche die nötige Toilette zu machen. Alle drei Schwestern verließen gleichzeitig die Wohnung, um vom Botanischen Garten aus die Pferdebahn zu benutzen, deren "Zonentarif" sie sehr genau kannten. Die alte Majorin, als alles ausgeflogen, ging nun auch ihrerseits an ihre "Restituierung" und war kaum damit fertig, als sie draußen auf dem Vorflur ein ziemlich lautes und gemütliches Sprechen hörte, das keinen Zweifel darüber ließ, daß der Schwagergeneral gekommen sein müsse.

"Guten Morgen, Albertine. Verzeih, daß ich etwas früh komme, aber, wie ich sehe, doch nicht zu früh. Alles schon blink und blank, alles schon in full dress, wenn man dies von einer Dame sagen kann; ›full dress‹ ist nämlich eigentlich wohl männlich und heißt, glaub ich, soviel wie Frack oder Schniepel. Früher sagte man Schniepel."

"Ach, Eberhard, du meinst es gut und hast immer ein freundliches Wort und siehst es auch gleich, daß ich mir meine Staatshaube mit einem neuen Band aufgesetzt habe. Aber mit mir ist Spiel und Tanz vorbei."

"Nicht vorbei, Albertine. Immer noch eine propre Frau. Und du bist ja noch keine sechzig. Aber wenn auch. Was sind Jahre? Jahre sind gar nichts. Sieh mich an. Eben kam ein Bataillon von eurem Eisenbahnregiment an mir vorbei – ich sage ›von eurem‹, denn ihr habt es ja hier in eurer Straße -, und ich kann dir sagen, wie ich bloß den ersten Paukenschlag hörte, da ging es mir wieder durch alle Glieder, und ich fühlte ordentlich, wie das alte Gebein wieder jung und elastisch wurde. Man hat immer das Spiel in der Hand und ist geradeso jung, wie man sein will. Aber du spinnst dich zu sehr ein, da wird man Antiquitäte, Ägyptisches Museum, man weiß nicht wie. Sieh zum Beispiel gestern. Warum warst du nicht mit dabei?"

"Lieber Eberhard, Theater – es ist nichts mehr für mich."

"Falsch, falsch. So denkt jeder. Aber ist man erst drin im Feuer, dann hat man auch das alte Vergnügen wieder. Ich sage dir, Albertine, wenn du diesen Quitzow, diesen Dietrich von Quitzow, gesehen hättest, Studie nach Bismarck, aber Bismarck Waisenknabe daneben. Augenbrauen wie 'ne Schuhbürste. Müssen das Leute gewesen sein. Und sein Bruder soll noch toller ausgesehen haben, weil er bloß ein Auge hatte. Polyphem. Hieß er nicht Polyphem?"

"Ich glaube, Eberhard. Wenigstens gibt es so einen."

"Und dann nach dem Theater. In der Kneipe. Nun, die Kinder werden dir davon erzählt haben und von diesem Herrn Manfred, diesem Klessentin. Ein reizender junger Kerl, schneidig, frisch, humoristisch angeflogen. Ach, Albertine, mitunter ist mir doch so, als ob alles Vorurteil wäre. Na, wir brauchen es nicht abzuschaffen; aber wenn andre sich dranmachen, offen gestanden, ich kann nicht viel dagegen sagen. Es hat alles so seine zwei Seiten. Adel ist gut, Klessentin ist gut, aber Herr Manfred ist auch gut. Überhaupt, alles ist gut, und eigentlich ist ja doch jeder Schauspieler."

"Ach, ich nicht, lieber Eberhard."

"Nein, du nicht, Albertine. Dir ist es vergangen. Aber ich, ich bin einer. Sieh, ich spiele den Gemütlichen, und ich darf nicht mal sagen, daß sich solche Schauspielerei für einen General nicht paßte. Da gibt es noch ganz andre Nummern, die auch alle Komödie gespielt haben, Kaiser und Könige. Nero spielte und sang und ließ Rom anzünden. Jetzt ist es Panorama, fünfzig Pfennig Entree. Denke dir, so billig ist alles geworden. Und vor zehn Jahren, wie mir eben einfällt, waren hier sogar die ›Fackeln des Nero‹ ausgestellt, ein großes Bild. Damals war ich noch in Dienst, und ich sehe die große Leinwand noch vor mir. Und du hast es vielleicht auch gesehen."

"Nein, Eberhard, ich habe so was nie gesehen. Ich mußte mir dergleichen immer versagen. Du weißt schon weshalb."

"Sprich nicht von ›versagen‹. Das Wort kann ich nicht leiden, man muß sich nichts versagen, und wenn man nicht will, braucht man auch nicht. Nun sieh, das war ein Bild, so groß wie die Segelleinwand von einem Spreekahn oder wohl eigentlich noch größer, und rechts an der Seite, ja, da war ja nun das, was die Gelehrten die ›Fackeln des Nero‹ nennen, und ein paar brannten auch schon, und die andern wurden eben angesteckt. Und was glaubst du nun wohl, Albertine, was diese Fackeln eigentlich waren? Christenmenschen waren es,

Christenmenschen, in Pechlappen einbandagiert, und sahen aus wie Mumien oder wie große Wickelkinder, und dieser Nero, der Veranstalter von all dieser Gräßlichkeit, der lag ganz gemütlich auf einem goldenen Wagen, und zwei goldfarbne Löwen davor, und der dritte Löwe lag neben ihm, und er kraute ihn in seiner Mähne, als ob es ein Pudel wäre. Und nun sieh, dieser selbige Nero, der sich so was leisten konnte, der die ganze Welt, ich glaube bis hier in unsre Berliner Gegend, beherrschte, der sang und spielte auch, geradeso wie dieser Herr von Klessentin, und da frag ich mich denn: ›Ja, warum soll er nicht, dieser junge Mensch?‹ Wenn ein Kaiser spielen darf, warum soll Klessentin nicht spielen? ein unbescholtener junger Mann, der wahrscheinlich niemals 'ne Fackel angesteckt hat, am wenigsten solche."

Die Majorin reichte dem Schwager die Hand und sagte: "Eberhard, du bist immer noch derselbe. Und Leo wird auch so. Dein Bruder Alfred war immer ernst, ein bißchen zu sehr, was wohl an den Verhältnissen liegen mochte..."

"Sprich nicht von Verhältnissen, Albertine. Verhältnisse, davon kann ich nicht hören..."

"Und es ist merkwürdig, daß die Kinder oft mehr den Charakter aus der Seitenlinie haben. Und ich will nur wünschen, daß sein Lebensgang, ich meine Leos, auch so wird wie der deine, dasselbe Glück..."

"Sprich nicht von Glück, Albertine. Mag ich auch nicht hören. Selbst ist der Mann. Aber nein, nein, ich will dies nicht gesagt haben... Sprich nur von Glück... Es ist ganz richtig... Ich habe Glück gehabt. Erst im Dienst. Natürlich immer meine Schuldigkeit getan, aber doch schließlich kein Moltke... Gott sei Dank übrigens, daß es davon so wenige gibt, die fräßen sich sonst untereinander auf, und wenn es zum Klappen käme, hätten wir keinen... Einer ist schon immer das beste, da gibt es keine Konkurrenz und keinen Neid. Aber nun lassen wir Klessentin und Nero und Moltke und versuchen wir ein ander Bild. Wo sind die Mädchen?"

"Ausgeflogen. Und ich habe es unternommen, sie bei dem gütigen Onkel zu entschuldigen. Es waren aufgeschobene Besuche, höchste Zeit. Aber du siehst sie noch. Ich rechne darauf, daß du bleibst und unser Gast bist, so gut wir's haben."

"Ah, ah, ah. Kann ich nicht leiden. So gut wir's haben. Was heißt das? Ein Teller Suppe..."

"Sophie sprach von Weißbiersuppe mit Sago..."

"Vorzüglich. Und könnte meine Beschlüsse beinah umstoßen. Aber ich habe noch allerhand zu tun und zu besorgen. Eigentlich Unsinn; eine Postkarte besorgt es alles viel besser. Aber meine Frau wünscht es. Und was eine Frau wünscht, ist Befehl, sonst ist der Krieg da, worin wir Militärs immer geschlagen werden; je schneidiger, je größer die Niederlage. Also ich muß fort. Und so gern ich die Mädchen alle drei noch mal gesehen hätte, so paßt es mir auch wieder, daß sie nicht da sind. Ich will nämlich eine nach Adamsdorf mitnehmen, meine Frau hat den Wunsch ausgesprochen, und ist nur noch die Frage, natürlich deine Zustimmung vorausgesetzt, welche?"

"Und du meinst, die Frage beantwortet sich besser unter uns."

"Ja, Albertine."

"Nun, da denke ich mir Therese. Sie war schon vorletzten Sommer mit deiner Frau in Pyrmont und kennt alles und hat sich einigermaßen mit ihr eingelebt."

"Alles richtig. Und doch wäre vielleicht ein Wechsel angezeigt. Laß mich offen zu dir sprechen. Therese ist ein vortreffliches Mädchen und eine Dame. Aber sie hat von der Dame mehr, als meiner Frau lieb ist. Meine Frau, eine Bürgerliche wie du, ist von einfachen Lebensgewohnheiten und Anschauungen, was ich alles nur billigen kann. Und Therese – du wirst verzeihen, daß ich es sage – hat eine ziemlich ausgesprochene Neigung, sich auf das Poggenpuhlsche hin auszuspielen. Ich mag nichts dagegen sagen und nehme persönlich keinen Anstoß daran. Aber meine Frau findet es etwas übertrieben und hat auch seinerzeit Auseinandersetzungen mit ihr darüber gehabt."

"Ich versteh, Eberhard. Und deine Frau hat recht. Es geht mir hier ebenso mit ihr. Sie hat einen zuverlässigen Charakter und nimmt es ziemlich ernst mit ihren Anschauungen von Adel und Adelspflicht. Aber es ist sehr schwer, wenn man in Verhältnissen ..."

"Nein, nein, nein..."

"... Wenn man auf so bescheidenem Fuße lebt wie wir. Das gibt dann immer Meinungsverschiedenheiten und Unliebsamkeiten. Aber wenn Therese nicht, wer dann? Von Manon würde ich mich nicht gern trennen."

"Sollst du auch nicht, Albertine. Manon ist Nesthäkchen und muß dir bleiben. Meine Frau hat sich, ich wiederhole, deine Zustimmung vorausgesetzt, für Sophie entschieden. Die hat ihr sehr gefallen, als sie sie hier sah, und ihre Briefe haben ihr gefallen, auch die, die sie an Therese schrieb. Alles so verständig. Und meine Frau hat eine Vorliebe für das Verständige, nur keine Flausen und Redensarten und aufgestellte Sachen. Und Mogeleien sind ihr nun schon von Grund aus zuwider."

"Davon hat Sophie, Gott sei Dank, nichts. Ihr Leben ist immer Arbeit gewesen, und sie hält eigentlich alles zusammen, was sonst auseinanderfiele."

"Darf nicht. Darf nicht. Nichts darf auseinanderfallen. Also Sophie! Meine Frau will nämlich allerlei Neues und will namentlich auch neue Wappenteller haben, was mich anfänglich, offen gestanden, aufs äußerste verwunderte. Sie hat mir aber Aufschluß darüber gegeben. ›Ich bin jetzt‹, sagte sie mir neulich, ›eine Poggenpuhl, und da paßt es nicht mehr, daß alles noch das Leysewitzsche Wappen hat; ich glaube, die Leute reden darüber, und das muß man vermeiden. Sophie malt so gut; sie soll uns das Poggenpuhlsche Wappen malen, dabei wird sie sich auch wohl fühlen und glücklich sein, ihre Gaben im Dienste der Familie verwenden zu können. Und dann ist sie so musikalisch. In der Dämmerstunde zuhören, wenn ein Schubertsches Lied gespielt wird, darauf freu ich mich, das wird unser stilles Haus beleben, und wir können Besuche dazu laden.‹"

"Und wann denkst du, daß sie reisen soll?"

"Gleich heute mit mir. Sie muß um drei mit ihrem Koffer in meinem Hotel sein. Am besten allein. Abschiede verwirren, Küsse sind lächerlich. Um vier geht der Zug, und um elf sind wir in Adamsdorf." Damit erhob er sich, und unter Grüßen an Therese und Manon nahm er Abschied.

Zehntes Kapitel

Sophie von Poggenpuhl an Frau von Poggenpuhl

Adamsdorf, 6. Januar

Liebe Mama! Gestern, gleich nach elf, sind wir wohlbehalten hier eingetroffen. Ganz zuletzt, auf dem Wege von Hirschberg hierher, entzückte mich die Fahrt im offenen Wagen, trotzdem der Himmel bedeckt und das Gebirge, das zu sehen ich mich so gefreut, in seinen Linien unsichtbar war. Aber in den Dörfern herrschte doch noch Leben, und die Erdmannsdorfer Fabrik, in der auch die Nacht hindurch gearbeitet wird, leuchtete durch den Nebel, der zog. Es sah mittelalterlich-romantisch aus, als ob eine uralte Piastenfamilie darin wohnte. Hier in Adamsdorf – nur ganz in der Ferne schlug noch ein Hund an, und ein andrer antwortete – war schon alles still, und still war es auch auf dem Vorplatz vor dem Schloß. Ich ängstigte mich einen Augenblick; aber wie fiel das alles von mir ab, als ich in den Salon trat und von der Tante aufs liebenswürdigste begrüßt wurde! Eine herrliche Frau. Ich begreife Therese nicht, die sich nie so recht mit ihr stellen konnte. Vielleicht kommen auch für mich noch die Beschwerlichkeiten, aber ich glaube es kaum. Daß Dir, mein altes Mutterchen, die Lebenslose doch auch so glücklich gefallen wären! Ich sprach von: Salon. Ja, es war ein Salon, in den wir eintraten, aber viel mehr noch ist es eine Halle. Der Vorbesitzer von Adamsdorf, das in alten Zeiten eine Benediktinerabtei war, hat viel von den alten Klostergebäuden mit in den Neubau herübergenommen, und diese Halle war vordem ein Refektorium; – durch den Raum hin stehen noch drei gotische Pfeiler, und in dem Kamin glomm ein Feuer, dessen von Zeit zu Zeit aufflackernde Lichter an der gewölbten Decke hin spielten. Außer der Tante war nur noch eine Katze da, ein wunderschönes großes Tier, das spinnend um mich herum ging und mir dann auf den Schoß sprang. Ich erschrak; aber die Tante beruhigte mich und sagte: das sei eine Liebeserklärung, womit Bob (es wird also wohl ein Kater sein) sonst sehr zurückhalte. Er sei mißtrauisch und eifersüchtig. Weil wir ausgefroren waren, bat der Onkel um einen Eierpunsch, den sie hier aus Ungarwein und Gelbei machen. Es schmeckte mir ganz vorzüglich. Und was noch wichtiger, ich habe hinterher herrlich geschlafen, und als ich zu guter Zeit aufstand und die Jalousien in die Höhe zog, da lag das Gebirge, ganz von Schnee überdeckt, in langer Linie vor mir. Wir wollen in den nächsten Tagen eine Partie nach der

Heinrichsbaude machen und dann in einem Hörnerschlitten wieder zu Tale fahren. Es soll wunderschön sein, aber ich ängstige mich ein wenig. Ergeh es Dir gut. Gruß und Kuß Euch allen und (wenn Ihr schreibt) auch nach Thorn hin an die Brüder. In herzlicher Liebe

Deine Sophie

Schloß Adamsdorf, 16. Januar

Liebe Mama! Ich habe mich nun schon ganz hier eingelebt. Die Tante verbleibt in ihrer Güte dieselbe gegen mich; vom Onkel es zu versichern ist nicht nötig, und auch Bob hält in seinem Attachement aus. Er geht darin ein wenig zu weit, denn seine Zärtlichkeitsbezeigungen haben immer etwas Überfallartiges. Mit einemmal springt er mich an, immer noch die Tigernatur. Die Fahrt zur Heinrichsbaude hinauf ist vertagt worden. Man will noch einen frischen Schneefall abwarten, denn es heißt: je mächtiger die Schneedecke, desto schöner die Fahrt talwärts und desto gefahrloser; der Schlitten fliegt dann über die Felsblöcke weg, als ob es Maulwurfshügel wären. – Unser Leben hier ist ziemlich still, wenig Besuch, und außer unserm Adamsdorfer Prediger, der dann und wann vorspricht, kommen meist nur Prediger aus der Nachbarschaft und ein alter Oberst aus der Stadt; außerdem auch noch ein Amtsgerichtsrat und seine Frau. Diese Besuche freuen mich immer sehr, aber auch ohne sie habe ich Unterhaltung die Hülle und Fülle, weil die Tante gern aus ihrem Leben erzählt, am liebsten aus ihren Kindertagen, die sie noch in Armut verbrachte. Zu dem allem haben wir auch noch eine merkwürdige Bildergalerie hier, deren Grundstock aus verschiedenen Bildnissen aus der Klosterzeit her besteht: Heiligenbilder (nicht viele), zu denen sich die Porträts von Äbten und Prioren und sogar ein Fürstbischof von Breslau gesellen; dazwischen allerlei spezifisch Preußisches: Friedrich der Große (dreimal), Prinz Heinrich, General Tauentzien und zum Schluß ein Dutzend Bildnisse von Personen aus der Familie des ersten Mannes der Tante. Lauter Leysewitze. Von den Poggenpuhls nichts; nicht einmal das Porträt des Onkels. Ich nahm vor ein paar Tagen Gelegenheit, leise darauf hinzuweisen, worauf er lachend erwiderte: "Ja, Fiechen" (so nennt er mich immer), "das Poggenpuhlsche fehlt ganz und gar, was aber recht gut ist; es herrscht hier schon ein ungeheures Durcheinander, und wenn auch noch der ›Hochkircher‹ und der ›Sohrsche‹ hinzukämen, so wäre die Konfusion vollständig." Der gute Onkel hat solchen bon sens, daß ihm der Hang, auch Mitglieder seiner eigenen Familie hier einziehen und mit den altschlesischen Adligen in Wettstreit treten zu sehen, gänzlich fernliegt. Und damit hängt es auch wohl zusammen, daß die Wappentellerfrage ruht. Onkel Eberhard war wohl von Anfang an dagegen und hat nur schließlich, ich will nicht sagen gern, aber doch ohne lange Kämpfe nachgegeben. All das hat sich aber geändert. Eine ganz andere Aufgabe harrt jetzt meiner, die mich stolz und glücklich macht. Was dies andre nun ist, davon das nächste Mal. – Wenn Briefe von Wendelin oder Leo bei Euch eintreffen, so schickt sie mir, zunächst natürlich meinetwegen, aber doch auch des Onkels halber, der sich für beide ganz aufrichtig interessiert und von jedem was erwartet, von Wendelin gewiß, aber auch von Leo. Leo, sagte er noch heut, ist ein Glückskind, und das Beste, was man haben kann, ist doch immer das Glück. Die Tante wurde dabei ganz ernsthaft und bestritt es, beruhigte sich aber, als er verbindlich und mit einer chevaleresken Handbewegung sagte: "Hab ich dich verdient oder war es Glück?" Sie gab ihm einen Kuß, was mich rührte, denn es war kein Zärtlichkeitskuß, den ich bei alten Leuten nicht sehen mag, sondern nur echte Zuneigung und Dankbarkeit. Und mit Recht. Denn so gewiß diese Verheiratung *ihn* glücklich gemacht hat, so gewiß auch *sie*. – Du siehst aus diesem allem, wie glücklich ich hier bin, aber mitunter sehne ich mich doch nach Dir und möchte Dir die Hände streicheln. Ängstige Dich nur nicht zu viel. Es wird noch alles gut. Das läßt Dir der Onkel noch eigens durch mich vermelden. Er sagte mir heut, es gäbe einen Wappenspruch, der laute: "Sorg, aber sorge nicht zu viel, es kommt doch, wie's Gott haben will." Und gegen diesen Spruch, so schloß er, verstießest Du mehr, als recht sei. Ich hab übrigens nicht, wie Du vielleicht glaubst, mit eingestimmt, hab ihm vielmehr gesagt: "Wie weh etwas tut, weiß nur der, der das Weh gerade hat." Da hat er mir auch einen Kuß gegeben. Es ist ein herrlicher Mann, und ich kann nicht herauskriegen. wer besser ist, er oder sie. Nun aber lebe wohl.

Deine Sophie

Schloß Adamsdorf, 19. Januar

Heut, meine liebe Mama, nur eine Karte. Vorgestern ist Schnee gefallen; er liegt um das Schloß her wie eine Mauer. Seit heute früh aber klarer blauer Himmel, milde Kälte, himmlisches Wetter. Wir wollen nun in den nächsten Tagen zu Fuß und zu Wagen bis auf den Kamm des Gebirges und dann in

Hörnerschlitten zu Tal. Der Pastor und ein Assessor aus der Stadt wollen teilnehmen. Ich freue mich unendlich darauf. Ergeh es Euch gut.

Deine Sophie

Heinrichsbaude, 22. Januar

Wieder nur eine Karte. Diesmal aber mit einem Bilde drauf (Heinrichsbaude). Wir sind nämlich hier oben und werden wenigstens noch bis morgen bleiben, bleiben *müssen*. Und daran bin ich schuld. Ich verfehlte, gleich als ich den Schlitten bestiegen und das Niedersausen begonnen hatte, den rechten Weg und wäre, rettungslos verloren, in den Krater gestürzt – den sie, weil er unten Wasser hat, den "kleinen Teich" nennen -, wenn nicht ein in der richtigen Richtung fahrender Schlitten, der dies sah, mit allem Vorbedacht von der Seite her in meinen Hörnerschlitten hineingefahren wäre. Bei diesem, ich muß sagen glücklichen, weil mich rettenden Zusammenstoß wurde ich herausgeschleudert und mußte, weil ich, etwas verletzt, nicht gehen konnte, hierher zurückgetragen werden. Wir erwarten in ein paar Stunden den Arzt aus Krummhübel. Das ist das nächste große Dorf. Ängstigt Euch nicht. Auf Hörnerschlittenfahrten aber laß ich mich nicht wieder ein. Mein Retter war ein junger Assessor (adlig) und schon verlobt. Wie immer

Deine Sophie

Schloß Adamsdorf, 25. Januar

Zwei Telegramme des guten Onkels werden Dich über mein Befinden beruhigt haben. Von Gefahr keine Rede mehr; Oberschenkelbruch; in vier Wochen, spätestens in sechs, kann ich wieder tanzen. Der Arzt ist vorzüglich und sehr dezent; Sohn eines Webers hier aus der Nähe (Notiz für Therese). Meine Rettung, wie ich Dir, glaub ich, schon schrieb, verdanke ich allein dem Assessor; er ist natürlich Reserveleutnant und will, wenn es zum Kriege kommt, dabeibleiben. Akten sind ihm zuwider, was der Amtsgerichtsrat, sein Vorgesetzter, lächelnd bestätigt. Daß ich so viele Wochen ruhig liegen muß, würde mir hart ankommen, wenn mir der Doktor nicht freie Bewegung meiner Arme gestattet hätte. Die Tante ließ mir denn auch sofort eine Stellage herrichten, so daß ich ohne Mühe schreiben und zeichnen kann. Ich mache davon den reichlichsten Gebrauch und fertige Skizzen über Skizzen. Und da ist es denn auch wohl an der Zeit, Dir, meine gute Alte, von dem neuen Plan zu erzählen, hinsichtlich dessen ich schon vor ein paar Wochen, bald nach meinem Eintreffen hier, einige kurze Andeutungen machte. Statt mit dem Malen von Wappentellern bin ich nämlich, höre und staune, mit Ausmalung unserer protestantischen Kirche (das Dorf hat, wie fast überall hier, auch eine katholische) betraut worden, und zwar sollen in all die tiefer liegenden Felder, die sich um die Kirchenempore herumziehen, auf Holz gemalte biblische Bilder eingelassen werden, jedes etwa von der Größe eines zusammengeklappten Spieltisches. Eine freilich etwas sonderbare Maß- und Größenangabe, wenn ich bedenke, daß es sich um eine Kirche handelt. Natürlich wird es nichts großartig Kunstmäßiges werden, dafür ist gesorgt, aber doch auch nichts Schlechtes, und, was mich am meisten beglückt, ich werde die Aufgabe ganz neu zu lösen trachten. Also: "Joseph wird nach Ägypten hin verkauft", "Judith und Holofernes", "Simson und Delila" – all dergleichen denk ich fallenzulassen und dafür das zu nehmen, worin das Landschaftliche vorherrscht. Meine Bemühungen gehen mithin zunächst dahin, in der Bibel nach Stoffen mit guter Szenerie zu suchen und solche, wenn ich sie gefunden, in wenig Strichen hinzuwerfen, so gut es in meiner gegenwärtigen Lage geht. Aus der Länge meines Briefes siehst Du, daß es mir trotz alledem und alledem sehr gut ergeht. Manon wird dies vielleicht bestreiten und sich darauf berufen, daß man, weil man Briefe vorläufig noch mit der Hand schreibe, keine Schlußfolgerungen daraus auf das Wohlbefinden des Fußes ziehen dürfe. Das ist aber falsch. Wenn man einen kranken großen Zehen hat, d. h. wirklich krank, so kann man ebensowenig schreiben, wie wenn es ein kranker Daumen wäre. Laß mich recht ausführlich hören, wie's Euch geht. Auch Friederike soll mir schreiben; Dienstbotenbriefe sind immer so reizend, so ganz anders wie die der Gebildeten. Die Gebildeten schreiben schlechter, weil weniger natürlich; wenigstens oft. Das Herz bleibt doch die Hauptsache. Nicht wahr, meine liebe gute Alte?! Du weißt das am besten. Und Therese soll mir eine Beschreibung von der Soiree bei Bronsarts machen und ob lebende Bilder gestellt wurden und welche. Und Manon soll mir von Bartensteins schreiben und dem Ball und ob sie mitgetanzt hat und mit wem. Und welche Toilette sie hatte. Manon versteht es, aus ein bißchen Tüll und einem Rosaband ein Feenkostüm zu machen. Und nun lebe wohl. Die Tante will noch ein paar Zeilen (vielleicht einen Krankenbericht) mit beilegen. Wie immer Deine Dich herzlich liebende

Sophie

Elftes Kapitel

Während der Wochen, wo diese Korrespondenz zwischen Berlin und Schloß Adamsdorf ging, ging auch ein Briefwechsel zwischen Berlin und Thorn. Leo begann mit einer Karte an Manon, die, nachdem sie geschrieben, wohlweislich noch in ein Couvert gesteckt worden war.

Thorn, 8. Januar

Seit drei Tagen wieder da. Kopernikus steht noch. Im ganzen Neste riecht es nach Bierfisch, was übrigens nicht ganz richtig ist, denn sie kochen hier die Karpfen mit Pfefferkuchen und Ungarwein. In diesen Stücken sind wir Euch überlegen; freilich geht man etwas mißbräuchlich damit vor. – Wendelin empfing mich am Bahnhof, furchtbar artig, aber doch auch sehr gnädig. Er übertreibt es; Gönnermiene, ganz Generalstab. Und er ist es noch nicht mal. Natürlich kommt er dazu. Soviel Tugenden kann sich der Staat nicht entgehen lassen. Verzeih diese Malicen, aber wenn man sich so verschwindend klein fühlt, hat man nichts als Schändlichkeiten, um sich vor sich und andern zu behaupten. Der Wurm krümmt sich. Ich schreibe morgen wieder, vielleicht noch heute, wenn mir das Rekrutenexerzieren nicht den Lebensodem nimmt. "Dobry, dobry" und dazwischen "Schafskopp". Tausend Grüße

Dein Leo

An den Rand der Karte war noch eine Nachschrift gekritzelt.

"Eben kommt eine Einladung zu heut abend; engster Zirkel. Wohin, brauche ich Dir wohl nicht erst zu sagen. Esther übrigens heute früh schon am Fenster gesehen – pompös, ja fast Pomposissima, was mich ein wenig ängstigt. Denn sie ist erst 18. Wohin soll das am Ende führen?"

Drei Tage nach Empfang antwortete Manon.

Berlin, 12. Januar

Mein lieber Leo! Habe Dank für Deine Zeilen, die mich herzlich erfreut haben, weil sie so ganz Du selbst waren. Deine Karte, glücklicherweise couvertiert, kam zugleich mit einem Briefe von Sophie. Da sah man so recht den Unterschied. Sophie immer, ich möchte sagen, Palette in Hand, immer künstlerisch, immer gefühlvoll und immer dankbar. Namentlich dies letztere läßt sich Dir nicht vorwerfen. Dein älterer Bruder (und der bessere dazu) macht Dir den Hof, und Du bespöttelst ihn. Ei, ei; poggenpuhlsch ist das jedenfalls nicht. Die Poggenpuhls sind pietätvoll. Ich glaube, Dein Hang zu kleinen Spöttereien und Überheblichkeiten fliegt Dir so an, ist Umgangseinfluß oder, was dasselbe sagen will, eine Folge des Tons, dem Du im Hause der pompösen Esther oder der "Pomposissima", wie Du schreibst, begegnest. Ich kenne diesen Ton auch von Bartensteins her, wiewohl diese selbst nicht daran teilnehmen und verlegen werden, wenn er überhaupt angeschlagen wird. Daß dies geschieht, können aber freilich selbst Bartensteins nicht verhüten, denn sie haben, bei der eigentümlichen Zusammensetzung ihrer Gesellschaft, das Spiel nie ganz in der Hand. Um nur eins zu nennen, die Verwandtschaft, die sich allsonntäglich bei ihnen versammelt, ist immer wie aus zwei Welten: der eine Onkel war vielleicht dreißig Jahre lang in London oder Paris, der andre dreißig Jahre lang in Schrimm. Und das macht denn doch einen Unterschied. Ich sprach von Umgangseinfluß. Er ist da; seine Macht verspür ich an mir selbst, und wenn ich Therese ansehe, so bestätigt sich mir dieser Einfluß, von der andern Seite her, wie eine Probe aufs Exempel. Therese, wenn auch manches an ihr anders sein könnte, weiß doch jederzeit, was sich schickt, und das verdankt sie der Wilhelmstraßenluft, in der sie nun mal lebt. Ich weiß nicht, in welcher Straße Esther wohnt (vielleicht *auch* in einer Wilhelmstraße), nur *das* weiß ich, daß es in der unsrigen keine Pomposissimas gibt. Ich muß mich hier unterbrechen. Eben hat es geklingelt, und aus dem Korridorgespräch, das Friederike führt, hab ich gehört, daß Flora gekommen und bei der Mama eingetreten ist. Sie wird mich einladen wollen. Über das vorstehende Thema nächstens mehr. Deine ganze Zukunft, soviel wird mir immer klarer, dreht sich um die Frage: Esther oder Flora. Flora, Gott sei Dank, ist blond, sogar hellrotblond. Lebe wohl. In alter Liebe

Deine Manon

Berlin, 15. Januar

Lieber Leo! Du hast meinen zweiten Brief, der den ersten vervollständigen sollte, gar nicht abgewartet und mir umgehend geantwortet. Das ist sehr liebenswürdig, aber leider auch ängstlich, und wenn schon die bloße Raschheit der Erwiderung etwas Mich-besorgt-Machendes hatte, so mehr noch die einzelnen Wendungen Deines Briefes. Ich will doch nicht fürchten, daß die Einladung zum 8. abends, von der Du auf Deiner Karte schriebst, verhängnisvoll für Dich geworden ist. Ich weiß, daß dunkler Teint Dir immer gefährlich war. Und Esther! Es ist merkwürdig, daß manchem Namen etwas wie eine mystische Macht innewohnt, eine Art geistiges Fluidum, das in rätselhafter Weise weiterwirkt. Raffe Dich auf, sei stärker, als Ahasverus war (ich meine den Perserkönig), der auch der Macht der Esther erlag. Eben habe ich Deine Zeilen noch einmal überflogen und wieder den Eindruck davon gehabt, als hättest Du Dich bereits engagiert. Ist dem so, so weiß ich sehr wohl, daß die Welt darüber nicht zugrunde gehen wird, aber mit Deiner Karriere ist es dann vorbei. Denn in der Provinz, und speziell in *Deiner* Provinz, ist das religiöse Gefühl oder, wie sie bei Bartensteins immer sagen, das "Konfessionelle" (sie wählen gern solche sonderbar verschränkten Ausdrücke) – von viel eigensinnigerem Charakter, und der Übertritt wird von den Eltern einfach verweigert werden. In diesem Falle bliebe Dir also nur Standesamt, ein, so aufgeklärt ich bin, mir geradezu schrecklicher Gedanke. Solch ein Schritt würde Dich nicht nur von der Armee, sondern, was mehr sagen will, auch von der "Gesellschaft" ausschließen, und Du würdest von da ab in der Welt umherirren müssen, fremd, abgewiesen, ruhelos. Und da hätten wir dann den *andern* Ahasverus. Tu uns das nicht an. Therese würd es nicht überleben.

Deine Manon

Berlin, 18. Januar

Mein lieber Leo! Gott sei Dank. Nun kann noch alles gut werden. Du glaubst nicht, wie erlöst ich mich fühle, daß dieses Wetter an uns allen und nicht zum wenigsten an Dir selber vorübergegangen ist. Du lachst mich aus über meine Besorgnisse, neckst mich und stellst die Frage, was denn, wenn's nun wirklich sich so gestaltet hätte, was denn für ein Unterschied gewesen wäre zwischen den so verpönten Blumenthals und den mit so vielem Empressement empfohlenen Bartensteins. Ja, Du fügst hinzu, Blumenthal führe seit Jahr und Tag den Kommerzienratstitel und solche Staatsapprobation durch eine doch immerhin christliche Behörde sei zwar nicht die Taufe selbst, aber doch nahe daran, und so sei denn Haus Blumenthal dem Hause Bartenstein eigentlich um einen Pas voraus. Ach, lieber Leo, das klingt ganz gut, und als einen Scherz will ich es gelten lassen, aber in Wahrheit liegt es doch anders. Bei Bartensteins war der Kronprinz, Bartenstein ist rumänischer Generalkonsul, was höher steht als Kommerzienrat, und bei Bartensteins waren Droysen und Mommsen (ja, einmal, kurz vor seinem Hinscheiden, auch Leopold von Ranke), und sie haben in ihrer Galerie mehrere Bilder von Menzel, ich glaube einen Hofball und eine Skizze zum Krönungsbild. Ja, lieber Leo, wer hat das? In einem Damenkomitee für das Magdalenum sitzt Frau Melanie, das ist der Vorname der Frau Bartenstein, seit einer Reihe von Jahren, Dryander zeichnet sie bei jeder erdenklichen Gelegenheit aus... Und dann Esther und Flora selbst! Es *ist* ein Unterschied, *muß* ein Unterschied sein. Ich beschwöre Dich: überlege - vor allem aber – und das ist das, was ich Dir nicht genug ans Herz legen kann -, vor allem wiege Dich nicht in der eitlen Vorstellung, daß man hier, bloß weil *ich* es im stillen so sehr, sehr wünsche, daß man hier etwa bang und sehnlichst auf Dich wartete. Die Wünsche beider Eltern, auch Floras selbst, gehen unzweifelhaft nach der Adelsseite hin, aber doch sehr mit Auswahl, und wenn beispielsweise bei Frau Melanie – die sich ihrer und ihres Hauses Vorzüge sehr wohl bewußt ist – die Entscheidung läge, so weiß ich ganz bestimmt, daß sie's unter einem Arnim oder Bülow nicht gern tun würde. Und nun berechne danach die Chancen der Poggenpuhls! Sie sind, trotz Therese, nicht eben überwältigend, und Deine persönliche Liebenswürdigkeit würde schließlich doch viel, viel mehr den Ausschlag zu geben haben als das Maß unsrer historischen Berühmtheit. Demungeachtet ist auch diese ein durchaus in Rechnung zu stellender Faktor, ganz besonders Flora gegenüber, die, im Gegensatz zu beiden Eltern, einen ausgesprochen romantischen Sinn hat und mir erst vorgestern wieder versicherte, daß ihr, als sie neulich in Potsdam die Grenadiermützen vom 1. Garderegiment gesehen hätte, die Tränen in die Augen gekommen seien. – Alles in allem, Leo, Du hast noch keine volle Vorstellung davon, um was und um wieviel Du wirbst und daß es, trotz meiner guten und, ich kann wohl sagen, intimsten Beziehungen, immer noch Mühen und Anstrengungen kosten wird, die Braut heimzuführen. Weise also nicht hochmütig das, was ich Dir noch vorzuschlagen haben werde, zurück, ein Leichtsinn, gegen den ich Dich durch Deinen guten Verstand und Deine schlechte Finanzlage gleichmäßig geschützt glaube.

... Aber da kommt eben Flora, um mich zum "shopping" (sie wählt gern englische Wendungen) abzuholen, und ich muß hier abbrechen, ohne mich über meinen Plan: eine Familiengeschichte der Poggenpuhls, höre und staune, durch Dich geschrieben zu sehen, näher ausgesprochen zu haben. Nur noch soviel: Wendelin muß das Beste dabei tun und hinterher natürlich Onkel Eberhard. Überleg's. Vor allem aber Mut und Schweigen. Flora weiß nichts, ahnt nichts. Wie immer

Deine Manon

Umgehend antwortete Leo.

Thorn, 19. Januar

Meine liebe Manon! Ich fühle mich wie beschämt durch Deine Liebe und Fürsorge. Ein vorzüglicher Plan, geradezu großartig. Aber, aber... Und ach, dies Aber läßt mich Dir in ziemlich schwermütiger Verfassung antworten. Wendelin, der es doch schließlich machen müßte, will nicht. Er findet es einfach ridikül. Und warum? Weil, seiner aufrichtigen Meinung nach, das Poggenpuhlsche nicht mit den Kreuzzügen, sondern einfach mit Wendelin von Poggenpuhl anfangt. Was seit hundert Jahren unter dem "Hochkircher" und dem "Sohrschen" geschah, war Alltagsarbeit; in Front stehen und Hurra schreien bedeutet ihm nicht viel, er ist für strategische Gedanken. Jedenfalls denkt er mehr an sich als an die Familie. Er hilft mir zwar regelmäßig und ist in vielen Stücken eine glänzende Nummer, aber es muß immer was sein, was ihm zugleich in aller Augen zu Vorteil und Ehre gereicht; wenn es ihm so vorkommt, daß er persönlich damit bei hohen Vorgesetzten anstoßen oder wohl gar in einem fragwürdigen Lichte dastehen könnte, so ist es mit allem Familiengefühl und aller Bereitwilligkeit rasch vorbei. Er heißt Poggenpuhl, aber er ist keiner, oder doch ganz auf seine Weise, die von der unsrigen sehr abweicht. Darüber aber kein Wort zu Mama; die ist imstande und schreibt es ihm, und dann bin ich an den Pranger gestellt. Ich bin ohnehin schon immer verlegen, wenn er bei mir in die Stube tritt. Er hat so 'n verdammt superiores Lächeln, und ich muß mich ducken. Überhaupt – und das ist das Fatale der ganzen Karriere -, man muß sich immer ducken. Aber statt dieser Confessions lieber zurück zur Hauptsache, zu der zu schreibenden Ruhmesbroschüre. Wendelin, wie gesagt, will nicht, und ich selber kann nicht, kann nicht und wenn sich's darum handelte, die Königin von Madagaskar als Braut heimzuführen. Ach, Manon!... "über Madagaskar fern im Osten seh ich Frühlicht glänzen" – ja, dahin muß ich, damit endet's, damit muß es enden! Denn ich werde Flora nie "mein nennen" (so drücken sich manche aus), wenn die Familiengeschichte durchaus geschrieben werden muß. Und daneben, und das ist das Schlimmste, weil zugleich das Beschämendste, daneben hab ich die Leidenschaft Esthers für mich stark überschätzt. Oder vielleicht auch, daß mir über Nacht ein Rival, ein bevorzugter Mitbewerber erstanden. In diesem Falle würde ich Esther hassen müssen. Und um mit nichts zurückzuhalten, ach, Manon, auch von dem Quitzowabend, der sich so glänzend anließ oder wenigstens so glänzend abschloß, ist seit einer Woche so gut wie nichts mehr da. Trauriges Dasein und draußen Tauwetter. Ich könnte den Hamletmonolog deklamieren, aber ich wähle das Kürzere: "Nymphe, bete für mich." Es wird wohl falsch zitiert sein; die meisten Zitate sind falsch.

Dein Leo

Zwölftes Kapitel

Diese Korrespondenz zwischen den zwei jüngeren Geschwistern setzte sich bis in den Februar hinein fort, wenig zur Freude Theresens, die gelegentlich einen von Leos Briefen las und es jedesmal beklagte, daß sich "das Poggenpuhlsche so weit verirren könne", wobei sie übrigens der Schwester die Hauptschuld zumaß. "Meiner Meinung nach", so hieß es regelmäßig, wenn dies Thema zur Sprache kam, "ist der ganze Briefwechsel überhaupt überflüssig; wenn er aber stattfinden soll, so möcht ich wohl, daß er einen andern Inhalt hätte. Du wirst ihn noch ganz zu dir hinüberziehen, in jene gesellschaftliche Sphäre, darin du dich leider wohl und immer wohler fühlst. Du willst nicht einsehen, daß *die* Welt, die du leichtfertig und hochmütig, und bloß um dich zu mokieren, als die ›christlich-germanische‹ bezeichnest, daß diese Welt mehr bedeutet als ein halbes Dutzend Gersons – denn so viele werden es doch wohl nachgerade sein. Es kommt auf das innerliche Leben an, nicht auf das äußerliche: die Äpfel mit der schönen Schale sind meist wurmstichig."

"Und die grauen Reinetten überdauern den ganzen Winter."

Therese zuckte die Achseln und brach ab, nahm auch nicht Veranlassung, darauf zurückzukommen, und zwar um so weniger, als sich das, was ihr die Mama in dieser Streitsache begütigend gesagt hatte, sehr bald erfüllen sollte. "Laß doch die beiden", so etwa waren die Worte der Majorin bei jener Gelegenheit gewesen, "du solltest doch Leo kennen und wissen, wie wenig das alles auf sich hat. Heute will er das und morgen das. Ehe drei Wochen um sind, hört die Schreiberei zwischen ihnen von selbst auf." Und so kam es auch. Leo schloß sich, noch ehe der Januar zu Ende ging, einem katholischen Geistlichen an, der Dogmenstrenge mit Skat und Fidelität glücklich zu vereinigen wußte, welche neue Bekanntschaft denn auch sofort verhängnisvoll für die weitere Erörterung der Esther- und Flora-Frage wurde. Sie starb sehr bald ab.

Ja, die Korrespondenz nach Thorn hin erlosch rasch, aber die zwischen Sophie und Manon setzte sich fort, und keine Woche verging, ohne daß ein Brief aus Adamsdorf eingetroffen wäre, meistens gleichzeitig mit einer sorglich gepackten Kiste, deren Eintreffen Friederike, wenn sie sie öffnete, jedesmal mit derselben Rede begleitete: "Wieder frische Eier und alle eingewickelt und in Häcksel. Ja, das laß ich mir gefallen, gnäd'ge Frau. Denn erstens kriegt man keine frischen, wenn es auch draufsteht, und zweitens sind Eier doch immer besser, als was eben erst geschlachtet is. Ente geht noch, weil Ente fett ist; aber schon bei Hühnern fängt es an, und ist es gar Kalb, dann hat es immer einen Stich... Un ich werde auch gleich eins kochen, gnäd'ge Frau; Sie müssen sich auch mal was gönnen. Es ist wahr, Sie haben ja die Bonbons, aber das gibt keine Kraft un is bloß von wegen den Husten."

Sophiens Briefe teilten sich, der Zeit nach, in solche, die sich mit ihrer fortschreitenden Genesung und, als diese schließlich da war, mit ihrer malerischen Tätigkeit beschäftigten. Diese Briefe zu lesen war immer ein Vergnügen, und einzelne davon nahm Manon sogar mit zu Bartensteins, um sie da zum besten zu geben, aber freilich meist nur, wenn der Alte zugegen war, der so was gern hörte, während die Damen eigentlich nur aus Artigkeit folgten. Flora (vielleicht weil sie wegen eines geplanten Ausfluges nach Olympia gerade Neugriechisch lernte) hatte eine Neigung, alles "unbedeutend" zu finden, was Manon, so verliebt sie in die Freundin war, doch bestimmte, mit ihren Mitteilungen schließlich etwas zurückhaltender zu sein.

In einem dieser Briefe hieß es: "Ich bin jetzt bei der Sündflut, die ja, wenn man will, auch ins Landschaftliche fällt. Wasser ist doch auch Gegend, und Gegend ist Landschaft. Und was denkt Ihr nun wohl, wie meine Sündflut aussieht? Ganz anders wie andre, was ich, ohne unbescheiden zu sein, sagen darf, weil die Idee nicht von mir, sondern von Onkel Eberhard herrührt. Und auch eigentlich nicht von ihm, wie Ihr gleich hören werdet. Als ich mich nämlich vorige Woche beim Tee dahin äußerte, daß ich jetzt an die Sündflut herangehen wolle, sagte der Onkel: ›Ja, Fiechen, wie denkst du dir das nun eigentlich? Oder richtiger, ich will es gar nicht wissen, ich will dir lieber gleich sagen, wie *ich* es mir denke und wie ich es mir wünsche. Als ich noch in Berlin bei "Alexander" stand, war ich mal auf Besuch in einer benachbarten Dorfkirche, drin viele Bilder waren, auch eine Sündflut. Und aus der Sündflut ragte nicht bloß, wie gewöhnlich, der Berg Ararat mit der Arche hervor, nein, neben dem Ararat befand sich auch noch in geringer Entfernung ein zweiter Berg, und auf diesem zweiten Berge stand eine Kirche. Und diese Kirche war genau die kleine märkische Dorfkirche mit einem Laternenturm und sogar einem Blitzableiter, in der wir uns in jenem Augenblick gerade befanden. Und das hat damals einen so großen Eindruck auf mich gemacht, daß ich dich bitten möchte, du machtest es auch so und ließest auch zwei Kuppen aufsteigen und auf der zweiten Kuppe stände die Kirche von Adamsdorf. Das heißt die protestantische. Wenn sich die Katholiken darüber ärgern, können sie sich ja ihre Kirche auch malen lassen. Ich stehe zu Martin Luther und der reinen Lehre. Darin, denke ich, bin ich ein fester Poggenpuhl.‹ Ich erschrak erst, als der Onkel das sagte, weil ich es mir alles anders gedacht hatte, da's aber kein Entrinnen gab, so gab ich mich zufrieden, und jetzt, wo's beinahe fertig ist, hab ich mich in die Idee ganz verliebt. So kindlich es mir anfänglich vorkam und auch noch vorkommt, so hat es doch zugleich eine tiefe Bedeutung; als die alte Sündenwelt unterging und die neue, bessere, sich aufbaute, war das erste, was neu erschien (denn die Tiere waren ja noch aus der alten Welt), die Kirche jenes kleinen märkischen Dorfes und jetzt also die von Adamsdorf. Es war, als ob Gott sie gleich dahin gestellt habe. Natürlich kann man darüber lachen, aber man kann sich auch darüber freuen. Und Du, meine liebe Mama, die Du ja Gott sei Dank aus einem frommen Predigerhause bist, Du wirst es schön finden und den Onkel Eberhard noch lieber haben als zuvor. Er ist auch wirklich ein kapitaler Mann. Soviel über die Idee zu dem Bilde. Und nun wirst Du Dich nur noch wundern, wo und wie ich, die ich das Meer nie gesehen, die Vorstellung dazu hergenommen und zu meiner Sündflut verwandt habe. Nun höre. Vielleicht erinnerst Du Dich noch der Partie, die wir vorigen Herbst mit Bartensteins machten, alle dritter Klasse, was Bartensteins noch so sehr amüsierte. Dritter Klasse Ringbahn und bis Bahnhof Stralau. Und als wir da hoch oben ausstiegen, hoch wie der Berg Ararat, da lag der Rummelsburger See mitsamt der Spree wie eine mächtige Wasserfläche vor uns. Dieses Panorama hab ich für mein Bild benutzt. Der Bahnhof ist der Ararat, der Rummelsburger See die Sündflut. Auf stürmische Bewegung, weil ich doch sozusagen nur den Schlußakt der Sündflut gemalt habe, glaubte ich, ohne dadurch unkorrekt zu werden, verzichten zu können."

Briefe verwandten Inhalts trafen öfter ein, unter denen einer, der Sophies "Untergang von Sodom und Gomorrha" beschrieb, des alten Bartenstein ganz besondern Beifall weckte. "Das ist eine Mahnung", hatte er sich damals gegen Manon geäußert, ohne übrigens anzudeuten, *wen* er dadurch gemahnt sehen wollte. Fiechen lebte sich inzwischen immer mehr ein, und je länger sie bei den Verwandten weilte, desto lebhafter wandte sie sich, neben ihren Malereien, auch den häuslichen Angelegenheiten von Schloß Adamsdorf und ganz besonders dem Charakter der Frau vom Hause zu. Gespräche, die sie, wenn sie gemeinschaftlich um die große Parkwiese gingen, mit der Tante führte, teilte sie, wenn es paßte, ganz ausführlich nach Hause hin mit. Einmal schrieb sie: "Wir haben gestern wieder unsern Spaziergang gemacht, um die große Wiese herum, in deren Mitte sich ein Gehege mit ein paar jungen Rehen befindet, reizende Tiere, die ich auch noch zu verwenden hoffe. Da mit einmal, ich weiß nicht mehr in welchem Zusammenhange, sagte die Tante: ›ja, deine Schwester Therese. Sie wird nicht recht zufrieden mit mir gewesen sein und mich vielleicht bei euch verklagt haben, weil ich damals in Pyrmont nicht Lust bezeigte, mich der Fürstin von Wied vorstellen zu lassen, worauf sie beständig drang, und als ein Korso war, wollte ich nicht mit in der Reihe fahren und noch weniger die Pferdegeschirre mit Rosengirlanden ausstaffieren lassen. Es erschien mir alles unpassend, und ich hab es ihr auch frank und frei gesagt. Therese, wie das so oft geschieht, hat eine falsche Vorstellung von meiner Vermögenslage, die mal glänzend war, aber es nicht mehr ist. Es liegt mir daran, dich über diese Dinge, die ziemlich kompliziert sind, aufzuklären. Ich bin aus einer einfachen bürgerlichen Familie, die klein und arm anfing und es nachher zu Reichtum brachte. Da heiratete mich mein erster Mann, der damals nichts besaß, und kaufte sich Schloß Adamsdorf, denselben Besitz, der schon früher einmal, als es aufhörte Kloster zu sein, in seiner Familie war und dann verlorenging.

Er war ein vollkommener Kavalier, und wir führten eine sehr glückliche Ehe, in der übrigens, was das Vermögen angeht, die Rollen sehr bald gewechselt wurden. Mein Geld nämlich ging verloren, und wir hätten Adamsdorf wieder aufgeben müssen, wenn nicht mein Mann durch Todesfälle ganz unerwartet ein ziemlich bedeutendes Vermögen geerbt hätte. Das hat uns an dieser Stelle gehalten. Aber alles, was wir besitzen, ist dadurch wieder Leysewitzisch geworden und muß den Leysewitzes verbleiben, was dein Onkel auch von Anfang an gewußt hat und guthieß. Ich habe das seltene Glück erfahren, in zwei Ehen zwei gleich treffliche Männer zur Seite gehabt zu haben. Alles hat sich zum Guten für mich gefügt, aber diese glückliche Gestaltung der Verhältnisse darf ich auch nicht vergessen und muß danach leben. Es liegt so: Von allem, was du hier siehst, haben wir nur den Nießbrauch; Schloß, Gut, Vermögen, alles fällt zurück, und weil es so ist, habe ich haushalten gelernt. Und du, du bist ein gutes und kluges Kind und kannst mir in allem folgen. Therese, die, wenn ich Andeutungen der Art machte, kaum mit halbem Ohr hinhörte, wollte nicht recht daran glauben. Das ist immer so. Was einem nicht paßt, das glaubt man nicht gern.‹

Ja, liebe Mama, das war es, was die Tante mich wissen ließ. Es wird ganz gut sein, wenn Therese davon erfährt. Aber in Deiner Antwort bitte ich Dich, all dieser Dinge, trotzdem sie mir wahrscheinlich mitgeteilt wurden, um sie Dich wissen zu lassen, nicht zu erwähnen; ich bin daran gewohnt, Deine und der Schwestern Briefe beim Frühstück vorzulegen, und eine auf diese meine Mitteilungen bezügliche Antwortstelle würde mich nur in Verlegenheit bringen. Im übrigen hab ich seit vielen Wochen nichts von den Brüdern gehört. Wendelin, das fällt nicht auf, er schrieb immer nur Pflichtbriefe. Aber Leo? Mitunter ängstige ich mich doch und denke, sein nächster Brief kommt aus Kamerun oder Namaqualand. Ehe nicht seine Verhältnisse geordnet sind, kommt er nicht zur Ruhe. Aber wo soll diese Ordnung herkommen?"

Es war Ende Mai, als Sophie diesen Brief schrieb, und sie vermied klugerweise, das darin behandelte Thema noch einmal zu berühren. Es genügte ihr, daß ihr Brief seine Wirkung getan und das ungerechte Kritteln der älteren Schwester in eine gerechtere Beurteilung umgewandelt hatte.

Das stille Leben in Schloß Adamsdorf nahm mittlerweile seinen Fortgang und erfuhr nur einen Wandel, als der Hochsommer heran war und die Tante, eine passionierte Schlesierin, allwöchentlich einmal auf eine Fahrt ins Gebirge drang. Abwechselnd fuhr man bis Schreiberhau oder Hermsdorf oder Krummhübel, um dann von diesen Punkten aus höher ins Gebirge hinaufzusteigen, nach Kirche Wang oder dem Mittagsstein, oder selbst bis zu den Schneegruben. Sophie skizzierte irgendeine Szenerie für ihre alttestamentlichen Bilder und sagte dabei: "Das ist Abrahams Grab, das ist der Sinai, das ist der Bach Kidron." Ihr größtes Vergnügen aber war immer, wenn auf dem Heimwege, da, wo man das Fuhrwerk zurückgelassen hatte, noch einmal Rast gemacht und das Tun und Treiben der Berliner "Sommerfrischler" beobachtet wurde. Das gab dann jedesmal Heiterkeitsstoff für die Rückfahrt, und Onkel Eberhard wurde nicht müde zu versichern: "Ja, diese Berliner, man mag sie nun lieben oder hassen, amüsant sind sie, und ihnen so zuzusehen ist immer wie ein Schauspiel. Eigentlich ist es auch wirklich so was; denn sie kucken sich immer um, ob sie auch wohl ein Publikum haben, vor dem sich's verlohnt, den Vorhang aufzuziehen." An den Bildern für die Kirche wurde den ganzen Sommer über fleißig weitergearbeitet. Ende August war Sophie schon bei "Saul in der Höhle" (die Höhle dazu hatte sie dicht bei den Kräbersteinen entdeckt), und Saul selbst war halb Onkel Eberhard, halb der Kretschamwirt, der einen Vollbart trug und einen bösen Blick hatte. David aber war der Assessor.

Onkel Eberhard freute sich aufrichtig am Fortschreiten der Arbeit und versicherte jeden Tag, daß er nie geglaubt hätte, von einer solchen Sache soviel Freude haben zu können. Er erging sich dann auch in wohlgemeinten Äußerungen über Künstlerleben überhaupt und nahm alles zurück, was er in seinen früheren Jahren darüber gesagt hatte. "Man kann darüber lachen, aber es ist doch immer eine kleine Schöpfung. Und schaffen macht Freude. Wenigstens kann ich mir nicht denken, daß Gott die Welt aus Verdrießlichkeit geschaffen hat."

"Mancher sieht doch so aus, Onkel."

"Ja, Fiechen, da hast du recht. Mancher sieht so aus. Aber was kommt nicht alles vor! Und das einzelne beweist nichts. Das ist ein fataler Zug jetzt bei den Menschen, daß sie den Ausnahmefall zur Regel machen wollen. Und wenn sie sich dabei nur was Hübsches aussuchten! Aber nein, was recht Häßliches muß es sein. 's war freilich vor dreißig Jahren auch nicht viel besser. Ich hab es noch erlebt, wie das mit den Affen aufkam und daß irgendein Orang-Utang unser Großvater sein sollte. Da hättest du sehen sollen, wie sie sich alle freuten. Als wir noch von Gott abstammten, da war eigentlich gar nichts los mit uns, aber als das mit dem Affen Mode wurde, da tanzten sie wie vor der Bundeslade."

Das war gerade am zweiten September, daß Onkel Eberhard und Sophie dies Gespräch hatten, oben in der Giebelstube, die die Adamsdorfer Herrschaften ihrer Nichte zum Atelier eingerichtet hatten. Eine Stunde später fuhr der Onkel nach Hirschberg, wo der Sedantag wie herkömmlich festlich begangen werden sollte. Natürlich auch durch eine Rede auf Kaiser Wilhelm. Und diese Rede, wie nicht minder selbstverständlich, hatte der alte General von Poggenpuhl zu halten, dem dabei schlechter zumute war als bei St. Privat im allerverflixtesten Moment. Sonst, wenn er die schöne Fahrt durchs Tal machte, lachten ihn die Felder in ihrem Segen an, aber heute sah er nicht, wie der Hafer stand, er sah ihn überhaupt nicht, sondern memorierte in einem fort und sagte sich in wachsender Unruhe: "Jetzt ist es eins. Noch drei Stunden, dann fängt mein Leben erst wieder an und vielleicht auch mein Appetit. Bis dahin ist es nichts." Er hatte denn auch Kopfweh, ein leises Ticken an zwei Stellen, das sich bei der beständig wiederkehrenden Frage: "Wenn ich nun steckenbleibe?" natürlich noch steigerte. Zuletzt aber fand er sich auch darin zurecht oder resignierte sich wenigstens. "Und wenn ich nun wirklich steckenbleibe, was ist es denn am Ende? Zu meiner Zeit konnte überhaupt keiner reden, und das wissen die Vernünftigen auch. Außerdem hab ich die Einleitung ganz intus, und wenn ich merke, daß ich mich zu verwickeln anfange, so sag ich bloß: ›... Und so möcht ich Sie denn fragen, Sie alle, die Sie hier versammelt sind, sind wir Preußen? Ich bin Ihrer Antwort sicher. Und in diesem Sinne fordre ich Sie auf...‹ Und dann das Hoch."

All das gab ihm seine Haltung einigermaßen wieder, aber er blieb trotzdem in einem gewissen Fieber, und dies hielt auch noch an, als der schreckliche Moment bereits vorüber war. Vielleicht lag es auch daran, daß er gleich nach seinem Hoch ein großes Glas herben Ungar heruntergestürzt hatte. Nach dem Kaffee überfiel ihn ein Schwindel. Es ging aber wieder vorüber, und in bester Laune brach er schließlich auf. Die Sterne funkelten; es war schon herbstlich frisch, und er fröstelte. "Höre, Johann", sagte er, "hast du nicht eine Zudecke?"

"Nein, Herr General; ich werde aber meinen Mantel ausziehen."

Aber da kam er schön an. "Unsinn, Menschen Rock vom Leibe ziehen; ich, ein Poggenpuhl." Und in solchen Ausrufungen sprach er noch eine Weile weiter. Es war ein Uhr, als er in die Dorfgasse einfuhr. Im Schlosse war noch ein alter Diener auf, ebenso Sophie. Die sah schon auf dem Flur, wie verändert er war. "Onkel, du frierst so, soll ich noch einen Tee machen oder eine Stürze?"

"Unsinn. General Poggenpuhl..." Es klang so sonderbar, und Johann sagte zu Sophie: "Gott, Fräulein, so sagt er schon immerzu. Ich glaube, er ist sehr krank." Er war sehr krank. Doktor Nitsche, der am andern Morgen gerufen wurde, bemerkte zu der Tante: "Gnädige Frau, wir müssen nasse Tücher aufhängen und ein mattes Licht und vollkommene Ruhe"; zu Sophie aber sagte er: "Typhus, mein gnädiges Fräulein."

"Wird er wieder?"

Er zuckte die Achseln.

Dreizehntes Kapitel

Die Befürchtungen erfüllten sich schnell. Sophie, die trotz Widerspruch des Arztes die Pflege leitete, schrieb jeden Abend eine Karte nach Haus, in der sie – schon der Tante halber, die die Zeilen vielleicht lesen mochte – zunächst immer nur betonte, "daß noch keine Gefahr sei". Sie war aber nur zu sehr da, und den siebenten Tag nach Beginn der Krankheit traf ein Brief bei der Mama ein, der dahin lautete:

"Heute mittag ist Onkel Eberhard gestorben; während der Nacht war er noch in großer Unruhe, dann fiel er im Laufe des Vormittags in einen apathischen Zustand, und kurz vor zwölf ist er eingeschlafen. Von Anfang an war wenig Hoffnung, weniger, als ich Dir aussprechen mochte. Ich habe viel an ihm verloren, aber nicht ich nur; wir werden ihn alle sehr vermissen, vielleicht Wendelin ausgenommen, der seinen Weg auch so macht. Über manches, was diese Tage mich sonst noch erleben ließen, mündlich ausführlicher. Ich freue mich, Euch alle wiederzusehen, vor allem Dich, meine liebe gute Mama. Daß Ihr kommt, nehme ich als sicher an. Die Tante wünscht es dringend, und ich glaube, wir müssen ihre Wünsche respektieren. Erst aus Klugheit und dann, weil sie's so sehr verdient. Das Beigeschlossene bittet sie freundlichst aus ihrer Hand annehmen zu wollen und hofft, daß es ausreichen werde, die Reise sowie alles übrige zu bestreiten. Was ich brauche, wird aus Breslau kommen. Ihr werdet am besten übermorgen abend abreisen. Dann seid Ihr am zwölften in aller Frühe hier. In der Mittagsstunde soll die Beisetzung erfolgen.

Deine Sophie"

Die Gefühlsbewegung, als Manon diesen Brief vorgelesen hatte, war bei den drei Damen eine nicht geringe, bewegte sich aber doch nach sehr verschiedenen Seiten hin. Die Mutter hing ganz einer herzlichen Trauer nach, die noch reiner gewesen wäre, wenn sich nicht manche bange Zukunftssorge mit eingemischt hätte; Manon, trotz aller Verehrung und Liebe für den Onkel, empfand es schmerzlich, einer gerade für den zwölften bei Bartensteins angesetzten Soiree nicht beiwohnen zu können, während sich Therese nur von einer Vorstellung beherrscht fühlte: von dem Gedanken an das ihr lediglich als eine Haupt- und Staatsaktion erscheinende Begräbnis. Sie sah sich nicht nur bereits in der vordersten Reihe der Leidtragenden, sondern lebte auch ganz dem Hochgefühle, daß die Repräsentation der Poggenpuhlschen Familie – die beiden alten Damen, als nur angeheiratete, zählten kaum mit – einzig und allein auf ihr beruhe. Dies Hochgefühl sah sich allerdings durch den dem Briefe beigelegten Tausendmarkschein auf Augenblicke beeinträchtigt, aber die Vorzüge lagen andrerseits auch wieder so klar zutage, daß das Bedrückliche schnell hinschwand, besonders nachdem man sich untereinander dahin geeinigt hatte, daß Therese in die Stadt fahren und dort die Trauergarderobe besorgen solle. Nächst dem Begräbnis selbst erschien allen dieser Besuch in einem Trauermagazin als der bedeutungsvollste Moment, und die Miene, mit der sich die ältere Schwester zu dieser Fahrt anschickte, hatte etwas so ausgesprochen Distinguiertes, daß selbst Manon davon berührt und zu einer Art Huldigung hingerissen wurde.

Dieses Gefühl machte freilich rasch einer entgegengesetzten Empfindung Platz, als Therese von ihrer Fahrt zurückkehrte. Die Kleider, so berichtete sie, würden bis morgen früh geliefert werden, kleine Änderungen seien leicht zu bewerkstelligen; alles andre aber habe sie gleich erstanden und in einem großen Karton mitgebracht. Es waren dies Krepphüte, lange schwarze Schleier und drei Trauerhauben mit einer tiefen Stirnschnebbe.

"Gehst du davon aus", sagte Manon, "daß wir diese Hauben mit Schnebbe wirklich tragen sollen?"

"Eine sonderbare Frage."

"Das heißt also ›ja‹?"

Therese nickte.

"Nun, dann erlaube mir, dir zu sagen, daß ich mich davon ausschließen werde."

"Das wirst du nicht. An solchem Tage wenigstens wirst du dich auf das besinnen, was du deinem Namen schuldig bist."

"Ich weiß, was ich meinem Namen schuldig bin."

"Und das wäre?"

"Wenn es sein kann, nicht ins Ridiküle zu fallen."

"Was in deinen Augen worin besteht?"

"... Uns à tout prix als Königinwitwe herauszustaffieren. Wir sind einfach die Nichten eines alten Generals."

"Des Generals von Poggenpuhl. Ich wenigstens stehe in der alten guten Tradition."

"Aber nicht in der des guten Geschmacks."

Man erhitzte sich immer mehr; zuletzt sollte die Mama entscheiden. Diese lehnte das aber ab. "Ich bin nicht bewandert genug in derlei Fragen und weiß nicht, ob es paßt oder ob es zuviel ist. Ich denke mir, wir nehmen die Kartons mit und richten uns nach dem Ausspruch der Tante."

Dies fand Zustimmung, und als am andern Morgen die gleich "wie angegossen" sitzenden Kleider erschienen, wurde vor dem langen schmalen Spiegel, in dem man sich gemustert und gegenseitig befriedigend gefunden hatte, der schwesterliche Friede neu besiegelt.

"Er war doch ein herrlicher Mann", sagte Manon.

"Das war er, und sein Andenken sei gesegnet. Aus meinem Herzen kann sein Bild nie wieder schwinden."

Um zehn Uhr ging der Nachtzug, vom Friedrichsstraßenbahnhof aus, ab. Schon vor neun stand man in voller Reisetoilette da, bei der Manon, die sehr gut aussah, auf einen zufällig vorhandenen Krimstecher nur ungern verzichtet hatte. Sie sagte sich aber, daß es "stillos" sein würde (stillos war eine Lieblingswendung Floras), und als sie dies erlösende Wort gefunden hatte, wurde ihr der Verzicht auch leichter. Friederike befand sich mit im Vorzimmer, um zu helfen, wenn die Mäntel umgenommen werden sollten; es war aber immer noch viel zu früh, und man kam in Verlegenheit, wie die Zeit hinzubringen sei. Das benutzte die Majorin, um noch eindringlich eine Rede zu halten.

"Ich kann dir nur sagen, Friederike, sei vorsichtig und denke daran, was alles vorkommt. Erst gestern stand wieder was drin."

"Ich weiß ja, gnäd'ge Frau. Aber man is doch auch kein Kind mehr."

"Und wenn es klingelt, mache nicht gleich auf und schiebe dir lieber erst eine Fußbank ran, daß du durchs Oberfenster sehen kannst, wer eigentlich draußen ist..."

"Ja, gnäd'ge Frau."

"Und wenn du aufmachst, immer noch die Kette vor und immer bloß durch die Ritze... Neulich ist erst wieder eine Witwe totgemacht worden, und wenn du gleich alles aufreißt, kann es dir auch passieren, oder sie streuen dir Schnupftabak in die Augen, oder sie haben auch einen Knebel, und du kannst nicht mal schreien. Und dann rauben sie alles aus..."

"Ach Gott, gnäd'ge Frau, die wissen ja immer gut Bescheid, hier kommen sie nicht."

"Sage das nicht. Die denken auch, wer das Kleine nicht ehrt, ist des Großen nicht wert. Immer besser bewahrt als beklagt!"

Friederike versprach alles, und nun trennte man sich. Eine Droschke – die Portierfrau hatte sich dazu verstanden, eine von der Ecke her herbeizuholen – hielt schon vor der Tür, und nach nochmaligem Abschied von Friederike ging es auf die Potsdamer Straße zu. Morgens gleich nach fünf kam der Zug in Schmiedeberg an, von dem aus es nur eine kleine Stunde bis Adamsdorf war. Johann hielt in einem offenen Wagen am Bahnhofe; der große Koffer kam nach vorn, die alte Majorin in den Fond, ebenso Therese; Manon dagegen saß auf dem Rücksitz und freute sich über das Landschaftsbild. Die Sonne war noch nicht auf, die Berge ringsum aber röteten sich schon, und dazu ging eine frische Luft. Alles versprach einen schönen Herbsttag. Auch Therese war ganz hingenommen davon, und als die Berglinien immer schärfer und klarer hervortraten, deutete sie darauf hin und sagte, sich von ihrem Sitz erhebend: "Das also ist das Riesengebirge?"

Johann, an den sich diese Frage richtete, fand sich in dem ungewohnten Worte nicht gleich zurecht und sagte deshalb: "Ja, da links, das ist die Koppe."

"Die Schneekoppe?"

"Ja, die Koppe."

Manon amüsierte sich, daß der Kutscher auf das Bildungsdeutsch ihrer älteren Schwester nicht recht eingehen wollte, während Therese selbst ihrer Lieblingsvorstellung von der Volksbeschränkung behaglich nachhing.

Es war gerade sechs, als der Wagen vor Schloß Adamsdorf hielt. Ein Diener half den Damen beim Aussteigen, und gleich nach ihm erschien Sophie, die sichtlich erfreut war, alle drei wiederzusehen, Therese mit eingeschlossen, trotzdem diese sich etwas reserviert zeigte. Sie fand nämlich den Empfang anders als erwartet und vermißte namentlich die Tante.

"Wo ist die Tante?" fragte sie. "Doch nicht krank?"

"Nein, nicht krank", erwiderte Sophie, die sofort erriet, was in Theresens Seele vorging. "Die letzten Tage waren so schwere Tage. Da will sie sich ausruhen, solange es irgend geht. Sie hat mich gebeten, sie zu entschuldigen."

"Arme Verwandte", sagte Therese mit halblauter Stimme vor sich hin.

Danach stiegen alle die breite Treppe hinauf in den ersten Stock, wo zwei Fremdenzimmer hergerichtet waren, ein großes und ein kleines, beide nebeneinander und die Zwischentür auf, nur durch eine schwere Portiere geschlossen. In dem großen Zimmer sollte die Mama mit Manon schlafen, in dem kleineren Therese. Die Auszeichnung, die darin lag, söhnte diese halb wieder aus.

"Und nun könnt ihr euch", sagte Sophie, "noch volle zwei Stunden ausruhen. Oder soll ich euch gleich ein Frühstück aufs Zimmer schicken, und ihr geht dann im Park spazieren, bis die Tante kommt? Es ist am schönsten des Morgens."

Manon und die Mama schienen auch wirklich zu schwanken, namentlich erstere, die von "Morgenspaziergängen im Park" eine hohe Vorstellung hatte. Therese hielt es aber für unklug, diese Dinge zu sehr zu betonen und zu tun, als ob man dergleichen noch nie gesehen habe; die Güter in Pommern, die sie kannte, hatten doch schließlich auch ihre Parks, und so sagte sie denn, es würde wohl das beste sein, dem Beispiel der Tante zu folgen und für das, was der Tag noch alles bringen müsse, nach Möglichkeit Kräfte zu sammeln.

Vierzehntes Kapitel

Um halb neun erschienen die Damen unten in der großen Halle, darin ein Feuer brannte, trotzdem die Luft draußen beinahe sommerlich war. Die Tante begrüßte die Verwandtschaft herzlich und zugleich mit einem so vornehmen Anstand, daß Therese ziemlich verwundert war. Damals, in Pyrmont, hatte die Generalin einen sehr bürgerlichen Eindruck auf sie gemacht, woraus alle

Meinungsverschiedenheiten und kleinen Häkeleien entstanden waren. Und jetzt nun so ganz anders. War es das Gefühl, hier in Adamsdorf auf der eigenen Scholle zu sein? Oder war es einfach der Schmerz, der sie geadelt hatte? Sie entschied sich für den Schmerz.

Ihr Beisammensein beim Frühstück währte nicht lange; waren doch nur noch wenige Stunden bis zum Begräbnis, und der Adel aus der Nachbarschaft erschien sehr wahrscheinlich um ein gut Teil früher. Die Mama fragte, ob sie den Schwager noch einmal sehen könne, was verneint wurde; der Sarg sei schon geschlossen. Manon und Therese drückten ihre Trauer darüber aus, waren aber eigentlich froh und fanden Trost in der Wendung, "er lebt so in einem lichteren Bilde in uns fort".

Schon um zehn füllte sich der Platz vor dem Schloß mit Leuten aus dem Dorf; die Alten, Männer wie Frauen, waren ernst und bewegt, denn sie hatten den General geliebt und verehrt, das junge Volk aber war mehr oder weniger in Kirmesstimmung und kicherte sich sehr Irdisches ins Ohr. Um elf kamen die Equipagen, eine halbe Stunde später die beiden Geistlichen aus dem Dorf (auch der katholische), und um zwölf setzte sich der Zug unter Gesang in Bewegung, bis in die Kirche. Hier sprach der Geistliche; nach ihm, in privater Eigenschaft, auch der alte katholische Pfarrer, "der nur dem Dank für die schöne Gerechtigkeit Worte leihen wolle, die den verehrten Toten ausgezeichnet habe" – danach noch die Einsegnung, und der Sarg senkte sich in die Kirchengruft. Therese hatte ein schmerzliches Gefühl, daß ein Poggenpuhl ausersehen sei, so zwischen den Särgen einer fremden Familie zu liegen, und ihre Haltung, die durch Ernst auffiel, gab diesem Gefühle Ausdruck. Einige billigten es; andre aber – Schlesische von Adel – fanden es etwas albern und flüsterten sich zu: "Pommerscher Junkerhochmut." Denn die Schlesier haben keine Junker. Oder wenigstens keine ganz echten.

Alle waren übrigens mit der Feier zufrieden, einen Kirchenältesten ausgenommen, der nicht darüber weg konnte, daß auch der "alte Katholsche" gesprochen habe. Das ginge nicht. Wenn man das einreißen lasse, so setze man sich in die Nesseln und die "Simonie" sei fertig. Was er darunter eigentlich verstand, konnte nicht aufgeklärt werden. Gleich nach der Feier in der Kirche wurde ein Imbiß genommen, Mittagstafel fiel aus, und als die Gäste fort waren, zogen sich die beiden alten Damen, die Generalin und die Majorin, in ihre Zimmer zurück. Sie bedurften der Ruhe, wollten allein sein. Sophie hatte noch in der Wirtschaft zu tun, und so blieben nur Manon und Therese, die sich alsbald zu einem Spaziergange an dem von einem Wässerchen umzogenen Außenrande des Parkes hin entschlossen. Es mochte gegen vier Uhr sein, die Sonne neigte sich schon und schien durch hohe Silberpappeln. Kein Lüftchen ging, alles still, nur von einer benachbarten Schmiede her hörte man ein Hämmern und Pinken und ganz zuletzt, als man weiter und schon bis in die Nähe der Felder gekommen war, auch das Dengeln der Sense; weiße Birkenbrücken führten über das Wässerchen hinüber, und an einzelnen Stellen machte der Laubengang kleine Nischen und Buchtungen, in denen Bänke standen. Die Vögel sangen nicht mehr, aber ein Eichhörnchen sprang über den Weg. Therese gab ihre kritische Laune ganz auf und fand sich gemüßigt, anerkennende Äußerungen über den schlesischen Adel einzustreuen. "Es ist alles reicher hier", sagte sie, "man fühlt es den Dingen ab, daß niemand ans Sparen dachte. Bei uns denkt man immer daran, auch die, die's nicht nötig haben. Sieh diese Bank. Alles Granit und mit Sandstein eingefaßt. Bei uns wäre sie von Holz."

Manon fand es eigentlich auch. Aber die Hauptunterhaltungsform zwischen den Poggenpuhlschen Schwestern war die, daß eine der andern widersprach. Und so sagte sie denn: "Du kannst nie Maß halten, Therese. Wie wir ankamen, mißfiel dir alles, und nun findest du wieder alles schön und reich und uns überlegen. Ich kann es nicht finden; ich finde den Tiergarten viel schöner."

"Wie du nur so was sagen kannst, und alles bloß aus Widerspruch. Der Tiergarten, nun meinetwegen, der kann passieren; aber er ist doch etwas Öffentliches, und was öffentlich ist, ist immer gewöhnlich. Und vieles, was man im Tiergarten sieht, ist geradezu zynisch."

"Zynisch?"

"Ja. Man sieht Statuen und Reliefs, die das Zynische rücksichtslos herauskehren. Ich wähle diesen Ausdruck absichtlich. Es ist das eben die Vorliebe für das Natürliche, das die moderne Kunst als ihr gutes Recht ansieht; ich glaube aber umgekehrt, daß die Kunst verhüllen soll. Indessen dies alles mag auf sich beruhen, ich will davon nicht sprechen; als ich vorhin mit Vorbedacht das Wort zynisch gebrauchte, dachte ich vielmehr an die lebendigen Bilder und Szenen, an die Menschen also, die man dort findet. Auf jeder Bank sitzt ein Paar und verletzt durch seine Haltung. Und wenn man endlich wo Platz nehmen will, an einer Stelle, wo sich zufällig kein Paar befindet, so kann man es auch nicht, weil man nie weiß, wer vorher da gesessen hat. Gerade im Tiergarten soll es so furchtbare Menschen geben."

"Ich setze mich immer da, wo Kinder spielen."

"Das solltest du nicht tun, Manon. Man ist auch da nicht sicher, oft da am wenigsten. Und jedenfalls fehlt allem der Zauber des Unberührten; hier weiß ich, ich atme eine reine Luft. Sieh doch, wie das da plätschert; bei uns ist alles trübe Lache."

Therese sprach noch weiter in dieser Richtung und verstieg sich dabei bis zu hoher Anerkennung der Tante. "Sophie hat uns nicht zuviel geschrieben, eine Frau, in der alles Frühere bis auf den letzten Rest getilgt ist. Es ist nicht jedem beschieden, dies von sich sagen zu können. Wenn ich da an Mama denke ..."

"Du solltest nichts gegen Mama sagen. Mama ist gut und mußte viel tragen und hat es. Das kann auch nicht jeder."

Erst beim Tee sahen sich alle wieder. Manon sprach über die Gäste, über einzelne Vorkommnisse, zuletzt auch über die Predigt. Der Geistliche hatte viel von Auferstehung gesprochen, und die Tante richtete die Frage an Sophie, ob die Auferstehung nicht auch durch einen Hergang aus dem Alten Testament dargestellt werden könne. Sie würde sich freuen zu hören, daß das möglich sei.

"Ja", sagte Sophie, "das Alte Testament hat einen Hergang, von dem man annimmt, daß er die Auferstehung bedeute."

"Und welcher ist das?"

"Es ist das der Moment, wo der große Walfisch den von ihm verschlungenen Propheten Jonas wieder auswirft. Wie man zugestehen muß, sehr sinnreich. Ich fühle mich der Aufgabe aber nicht gewachsen."

"Gott sei Dank", sagte Manon in einem plötzlichen Anfall von Übermut.

"Sage das nicht, Kind", bemerkte die Tante. "Dir erscheint es komisch; aber was Jahrhunderte mit Ernst und Achtung angeschaut haben, darin seh ich immer etwas, was man respektieren muß."

Manon errötete und erhob sich dann und küßte der Tante die Hand. Man trennte sich früh, aber doch mit der Zusicherung, am andern Tage spätestens um sieben beim Frühstück sein zu wollen. Es gab noch allerhand zu besprechen. Da kam man denn auch überein, daß Sophie, die nun schon so lange in halber Einsamkeit gelebt habe, wieder mit nach Berlin zurückkehren solle, aber nur auf kurze Zeit. Sophie, so äußerte sich die Tante, sei so gut und so klug und so bescheiden, daß ihre Nähe ihr ein Bedürfnis geworden sei; sie müsse sich freilich in der großen Stadt erholen, aber je eher sie zurückkehre, je lieber sei es ihr. Es wurde seitens der Tante festgesetzt, daß sie Mitte November wieder in Adamsdorf eintreffen solle; mit dem Malen würde es dann in den dunkeln Nebeltagen wohl vorbei sein, aber das schade nichts, und wenn Sophie neben ihr sitze und mit ihr ins Feuer sähe und des lieben Toten gedenke, so sei das noch besser als das beste Bild. Als sie das sagte, reichte sie Sophie die Hand, und alle waren glücklich, daß ein so herzliches Verhältnis zwischen den beiden bestehe. Selbst Therese freute sich; ihr Familiengefühl war stärker als ihre persönliche Eitelkeit, und sie sah in dem Ganzen einen Sieg des Poggenpuhlschen, das doch auch in Sophie lebte, wenn auch anders als bei den andern und ganz besonders bei ihr. Sie hatte das Liebe, Freundliche, Demütige, das der gute Onkel ja auch gehabt. Nach diesen Abmachungen zogen sich die jungen Mädchen zurück, um dem Pfarrer und seiner jungen Frau, die für eine Schönheit galt und es auch war, einen Besuch zu machen, und nur die beiden alten Damen, die den Namen Poggenpuhl trugen und doch keine Poggenpuhls waren, blieben in der Veranda zurück. Der Diener wollte den Frühstückstisch abräumen. "Laß noch, Joseph", sagte die Generalin, und als sie wieder allein waren, sahen beide auf das Gartenrondel und dann, über eine von Efeu überwachsene Mauer fort, auf die Dächer der Dorfstraße, zwischen denen der Kirchturm mit seinem grünen Kupferdach aufragte. Die Gedanken beider gingen denselben Weg, sie dachten an *den*, der nun da drüben in der stillen Gruft lag. Eine Weile verging, ohne daß ein Wort gesprochen worden wäre, dann nahm die Generalin der Majorin Hand und sagte: "Liebe Frau Majorin, ich muß nun noch etwas richtigstellen zwischen uns. Etwas Geschäftliches. Und ich denke, Sie werden mir zustimmen in dem, was ich vorzuschlagen habe."

"Das werde ich gewiß. Ich darf das sagen, ohne daß ich weiß, um was es sich handelt. Ich habe zu sehr erfahren, wie gütig Sie sind."

"Nun denn ohne Umschweife. Sie wissen durch Sophie, die mir diese Ausplauderei nachträglich gebeichtet, wie die Besitzverhältnisse liegen. Adamsdorf verbleibt mir bei meinen Lebzeiten, dann fällt es an die Familie meines ersten Mannes zurück. Mein eingebrachtes Vermögen ging verloren. Auch davon werden Sie wissen. Aber diesen Vermögensverlust war ich doch imstande später wieder zu begleichen, wenigstens einigermaßen. Poggenpuhl bestritt seine kleinen Liebhabereien von seiner Pension, unser Haushalt wurde sparsam geführt, und so hab ich mich in der glücklichen Lage gesehen, schlechter Ernten unerachtet, ein bescheidenes Privatvermögen aufs neue sammeln zu können. Darüber habe ich freie Bestimmung, und ehe Sie Adamsdorf verlassen, sollen Sie hören, wie ich darüber verfügt habe. Die Summe selbst beträgt bis zur Stunde nicht mehr als etwa siebzehntausend Taler – ich rechne noch nach Talern -, von denen ich zwölftausend Taler in fünfprozentigen Papieren bei meinem Bankier in Breslau deponiert habe. Sie werden davon, vom ersten Oktober an, die vierteljährlichen Zinsen empfangen, so daß sich Ihre Jahreseinnahmen um etwa sechshundert Taler verbessern werden. Das Kapital ist unkündbar. Nur im Falle sich eine Ihrer Töchter verheiraten sollte, wird ihr ihr Anteil ausgezahlt. Wenn sich alle drei verheiraten, würde für Sie, meine gnädige Frau, nur ein Geringes übrigbleiben, aber Ihnen verbliebe dann die ganze staatliche Pension, und ich weiß von vielen Jahren her, wie anspruchslos Sie Ihr Leben einzurichten wissen."

Die Majorin war so gerührt, daß sie stumm dasaß und vor sich hin blickte, während die Generalin fortfuhr: "Dann sind da freilich noch die Söhne, und die sollen nicht vergessen sein. Aber das ist eine Privatsache, die das andere nicht berührt; sie werden sich mit kleinen einmaligen Geschenken ihrer Tante begnügen müssen. Ich habe vor, an Wendelin, der ein guter Wirt ist und den Wert des Geldes kennt, tausend Taler zu schicken, an Leo fünfhundert. Leo wird sich davon einen guten Tag machen; er ist ein Leichtfuß, woran ich aber keine moralischen Betrachtungen knüpfe, denn auch die Leichtfüße sind mir sympathisch, vorausgesetzt, daß Anstand und gute Gesinnung in dem leichten Leben nicht untergehen. Für meine teure Sophie behalte ich mir noch Sonderentschlüsse vor. Das war es, meine liebe Frau Majorin, was ich Ihnen vor Ihrer Abreise noch mitteilen wollte." Die Sonne schimmerte gedämpften Lichts durch die noch dicht in Laub stehenden Bäume, auf das Rondel und die Beete aber, die sich vor der Veranda ausdehnten, fiel ihr voller Schein, und die noch hie und da blühenden Balsaminen und Verbenen leuchteten auf in einem helleren Weiß und Rot. Von dem Gutshof her stiegen Tauben auf und flogen hoch über den Garten hin, auf den Kirchturm zu, den sie umschwärmten, ehe sie sich auf den kupfernen Helm und den First des Daches niederließen. Die Majorin wollte der Generalin die Hand küssen, aber diese umarmte sie und küßte sie auf die Stirn. "Ich bin glücklicher als Sie", sagte die Generalin.

"Das sind Sie, gnädige Frau. Glücklich machen ist das höchste Glück. Es war mir nicht beschieden. Aber auch dankbar empfangen können ist ein Glück."

Fünfzehntes Kapitel

An dem Tage, an dem die Poggenpuhls zurückerwartet wurden, war nicht bloß Friederike, sondern auch die Portierfamilie in einer gewissen Aufregung. Es hing dies, soweit die Nebelungs in Betracht kamen, mit dem zufälligen Umstande zusammen, daß infolge Verreistseins eines in der zweiten Etage wohnenden freikonservativen Geheimrats die für diesen bestimmten Zeitungen unten in der Portierwohnung abgegeben und von dem ebenso neugierigen wie gern faulenzenden Nebelung (seine Frau mußte sich dafür quälen) je nach Laune durchstudiert oder auch bloß überflogen wurden. Unter diesen Zeitungen war auch die "Post", in der in der heutigen Morgennummer des Hinscheidens des Generalmajors von Poggenpuhl kurz Erwähnung geschehen war, unter gleichzeitiger Anfügung der Worte: "Siehe auch die Todesanzeigen." Auf diese stürzte sich nun unser Nebelung sofort, und als er die schwarz umränderte Anzeige gefunden und mit einem gewissen Grinsen aufmerksam gelesen hatte, schob er das Blatt seiner vierzehnjährigen, mit ihren zwei Brüdern gerade beim Nachmittagskaffee sitzenden Tochter Agnes zu und sagte: "Da, Agnes, lies mal; das da, wo die dicken schwarzen Striche sind." Und Agnes, die nicht bloß bleichsüchtig, sondern wegen ihrer Figur und ihrer Vorliebe für die "Jungfrau von Orleans" auch fürs Theater bestimmt war, las, während alles aufhorchte:

Heute starb, 67 Jahre alt, auf Schloß Adamsdorf in Schlesien unser teurer Gatte, Schwager und Oheim, der Generalmajor a. D.

Eberhard Pogge von Poggenpuhl,

Ritter des Eisernen Kreuzes 1. Klasse wie des Ordens Albrechts des Bären. Dies zeigen statt jeder besonderen Meldung an die tiefbetrübten Hinterbliebenen

Josephine Pogge von Poggenpuhl, geb. Bienengräber, verwitwete Freiin von Leysewitz, als Gattin

Albertine Pogge von Poggenpuhl, geb. Pütter, verwitwete Majorin, als Schwägerin

Als Neffen und Nichten:

Wendelin Pogge von Poggenpuhl, Premierleutnant im Grenadier-Reg. von Trzebiatowski

Leo Pogge von Poggenpuhl, Sekondleutnant im Grenadier-Reg. von Trzebiatowski

Therese Pogge von Poggenpuhl

Sophie Pogge von Poggenpuhl

Manon Pogge von Poggenpuhl

Agnes, deren etwas käseweißes Gesicht bei dem Vortrag all dieser Namen – nur den polnischen Regimentsnamen brachte sie nicht recht zustande – ganz rot geworden war, legte das Blatt aus der Hand, während der Alte mit breitem Behagen sagte: "Na, so was von Poggen; ich hör es ordentlich quaken" – ein Witz, der von dem johlenden Beifall seiner beiden Jungens (echter Nebelungs) sofort begleitet wurde. Die Tochter aber, die sich von ihrem dramatischen Vortrag eine ganz andere Wirkung versprochen hatte, stand auf und sagte, während sie hinausging, zu der etwas seitab sitzenden Mutter: "Ich weiß nicht, Vater ist heute wieder so ordinär" – eine Bemerkung, die die kränkliche, immer verärgerte Frau durch mehrmaliges Kopfnicken bestätigte. Nebelung selbst aber rief der in der Tür eben verschwindenden Tochter nach: "Sei nich so frech, Kröte; – noch bist du nich dabei."

In gewissem Sinne hatte Agnes ihrem Vater unrecht getan. In der Tiefe seiner Seele fühlte sich Nebelung gar nicht so unberührt von dem allen, er hatte sich vielmehr, als echter Berliner, nur den durch die glänzende Namensaufzählung empfangenen Eindruck wegschwadronieren wollen. Andrerseits freilich war er aufrichtig unwirsch, daß ihm das "pauvre Volk da oben" mit einmal als etwas Besonderes aufgezwungen werden sollte. Das sei doch alles bloß zum Lachen, der reine Unsinn. Aber wie immer auch, während er sich noch dagegen sträubte, war er doch auch schon wieder bereit, gute Miene zum bösen Spiele zu machen, und die Gelegenheit dazu bot sich bald. Es mochte halb fünf sein (die Jungens waren eben aus der Schule nach Hause gekommen), als die Streitszene zwischen Vater und Tochter gespielt hatte, und keine Stunde mehr, so kam auch schon eine Droschke mit Reisekoffer die Großgörschenstraße herauf. Das ganze Haus wartete. Wie Friederike, so hatten sich auch die Nebelungs unten aufgepflanzt, allerdings in sehr verschiedenen Stellungen und

Beschäftigungen; die beiden Jungens lehnten sich an die Hauswand, halb neugierig, halb bummelig, weil sie dem "freien deutschen Mann" in ihnen nichts vergeben wollten, Nebelung selbst aber, eine Art Fes auf dem Kopfe, patrouillierte das Trottoir auf und ab, während Agnes, wie wenn es sich um ihr Auftreten etwa als Mondecar oder irgend sonst ein spanisches Hoffräulein gehandelt hätte, schlank und aufrecht in der offenstehenden Haustüre stand. Als die Frau Majorin an ihr vorüberging, machte sie einen gut einstudierten Hofknicks, der sich gesteigert wiederholte, als gleich danach Therese kam. War diese doch die einzige der Familie, die noch unentwegt den langen Trauerschleier trug, was ihr, samt ihrer funebren Haltung, auch schon unterwegs allerlei Huldigungen eingetragen hatte. Man hatte sie für eine junge Offizierswitwe gehalten, deren Mann in einem schlesischen Bade gestorben sei.

Hart neben dem Bürgersteige hielt noch immer die Droschke, mit deren Kutscher, einem ziemlich verschmitzt dreinschauenden Mann, Manon und Sophie wegen Heraufschaffung des Koffers parlamentierten; "er könne nicht von dem Pferde weg, er käme sonst in Strafe", so hieß es seinerseits immer wieder. In diesem Verlegenheitsmoment aber trat der sonst so zugeknöpfte Nebelung an die beiden jungen Damen heran und erklärte sich unter gefälliger Lüftung seines Fes bereit, den großen Koffer in die Wohnung hinaufzutragen. "Ach, Herr Nebelung ...", sagte Sophie. Dieser aber hatte schon Hand angelegt, wuchtete den Koffer ziemlich geschickt auf seine Schulter und ließ sich auch nicht irremachen, als ihm der in seiner Diplomatie verunglückte Droschkenkutscher spöttisch nachrief.- "Na, schaden Sie sich man nich."

Es hatte damit aber gute Wege, denn der Koffer, so groß er war, war nicht schwer, und Nebelung schien kaum außer Atem, als er oben ankam. Friederike nahm ihm den Koffer ab, und im selben Augenblicke sagte Sophie: "Bitte, Herr Nebelung Ich danke Ihnen." Unten aber, in seine Portierloge zurückgekehrt, warf Nebelung ein blankes Markstück auf den Tisch und sagte: "Da, Mutter, *das* muß in die Sparbüchse. Pogge von Poggenpuhl... Un noch dazu von Sophiechen... Jungferngeld; das heckt."

Agnes, die nur die Schlußworte gehört hatte, drehte sich verächtlich um. An der Türeinfassung oben hing ein halber Papierbogen mit "Willkommen" von Friederikens eigener Hand. Aus Schreibunsicherheit oder vielleicht auch aus Ersparnis hatten die Buchstaben alle keinen rechten Tintenkorpus, sondern bestanden bloß aus zwei nebeneinanderherlaufenden Linien. In der Blumenschale vor dem Bilde des Sohrschen befanden sich rote und weiße Markt-Astern. Einige davon waren für den Hochkircher bestimmt gewesen, und zwar zum Einstecken hinter den Rahmen; aber Friederike hatte wieder Abstand davon genommen mit der Bemerkung: "Den kenn ich; wenn man ihn anrührt, fällt er."

"Na, leben tust du ja noch", sagte die Majorin, als ihr Friederike dienstbeflissen den Mantel abnahm. "Hast du auch nicht zu sehr gespart? Das mußt du nicht. Und immer bloß Nachguß; dabei kannst du nicht gedeihen."

"Ach, ich gedeihe schon, gnäd'ge Frau."

"Na, wenn es nur wahr ist. Aber nun bringe uns Kaffee. Die Tassen stehen ja schon. Ein bißchen ausgefroren bin ich doch; die eine Dame riß immer alles auf"

"Ja, das tut man jetzt, Mama", sagte Therese.

"Ich weiß, man tut es jetzt. Und es mag auch gut sein, aber nicht für jeden. Wer Rheumatismus hat..."

Sophie hatte sich's inzwischen auch bequem gemacht und warf sich mit einem gewissen Behagen in die Sofaecke, erst das Zimmer und dann all die alten Kleinigkeiten musternd, die umher standen und lagen und die sie hundertmal in Händen gehabt hatte.

"Komm, Mama, du mußt dich hier neben mich setzen, oder ich rücke weiter hin, denn dies ist ja deine Ecke. Gott, wenn ich mich hier so umsehe. Eigentlich ist es doch ganz hübsch bei euch."

"Du könntest sagen bei uns", sagte Therese.

"Gewiß, gewiß. Ich gehöre ja zu euch und werde immer zu euch gehören. Aber die lange Zeit. Dreiviertel Jahr oder doch beinah. Und dann soll ich ja auch wieder zurück."

"Und willst auch? Und willst es auch gern?"

"Natürlich. Es ist ja abgemacht. Und wenn es auch nicht abgemacht wäre, ich bin gern in Adamsdorf und gern bei der Tante."

"Wer wär es nicht", sagte Therese. "Der Park und die Gruft, darin nun der General, unser Onkel, ruht. Dahin zieht es wohl jeden. Und diese Frau, der ich viel abbitten muß, ich hielt sie für befangen in Bürgerlichkeit, aber sie hat ganz die Formen der vornehmen Welt. Es ist schade, daß sich dieser Umwandlungsprozeß so selten vollzieht." Sophie und Manon warfen der Schwester Blicke zu mit der offenbaren Absicht, sie von dem heiklen Thema abzubringen. Aber so gut gemeint dies war, so war es doch nicht nötig, weil die Mama nichts von Bitterkeit dabei empfand. Sie lächelte nur wehmütig vor sich hin mit jener stillen Überlegenheit, die das Leben und das Bewußtsein gibt, die Kämpfe des Lebens ehrlich durchgefochten zu haben. "Ach, meine liebe vornehme Tochter", sagte sie, "was du da wieder sprichst."

"Ich habe dich nicht kränken wollen, Mama."

"Weiß ich. Und es kränkt mich auch nicht. Ich hatte auch mal mein Selbstgefühl und meinen Stolz, aber all das hat das Leben zerrieben und mich mürbe gemacht... Das mit der Tante, ja, da hast du recht, das ist eine vorzügliche Frau und, wenn du's so haben willst, auch eine adlige Frau. Das hab ich immer gewußt, und seit diesen Tagen weiß ich es noch besser. Aber das alles – und es ist hart, daß ich das meiner eigenen Tochter immer wieder versichern muß, während sie's doch wissen könnte, auch ohne meine Versicherung –, aber das alles hätte das Leben auch aus mir machen können. Es hat es nur nicht gewollt. In einem Schlosse zu Hause zu sein und Hunderte beglücken und dann durch Entziehung von Glück auch mal wieder strafen zu können, das alles ist eine andre Lebensschule, wie wenn man nach Herrn Nebelungs Augen sehen und sich um seine Gunst bewerben muß. Ich habe nur sorgen und entbehren gelernt. Das ist *meine* Schule gewesen. Viel Vornehmes ist dabei nicht herausgekommen, nur Demut. Aber Gott verzeih es mir, wenn ich etwas Unrechtes damit sage, die Demut, wenn sie recht und echt ist, ist vielleicht auch eine Eigenschaft, die sich unter dem Adel sehen lassen kann."

Sophie glitt leise von dem Sofa nieder auf ihre Knie und bedeckte die Hände der alten Frau mit Tränen und Küssen. "Das kannst du nicht verantworten, Therese", sagte Manon und trat ans Fenster. Therese selbst aber ließ ihr Auge ruhig über die über der Sofalehne hängende "Ahnengalerie" hingleiten, und ihr Auge schien sagen zu wollen: "Ihr seid Zeugen, daß ich nicht mehr gesagt, als ich sagen durfte." Dann aber kam ihr ein zweites, besseres Gefühl, und sie lieh ihm auch Worte: "Verzeih, Mama", sagte sie. "Es kann sein, daß ich unrecht habe."

Es lag nicht im Charakter der Familie, den Verstimmungen über eine derartige Szene Dauer zu geben. Die Mutter hatte Schwereres tragen gelernt und war jeden Augenblick zur Verzeihung und Nachgiebigkeit geneigt, während die im wesentlichen in ihren Anschauungen verharrende, trotzdem aber nicht eigentlich eigensinnige Therese das Bedürfnis hatte, wieder einzulenken, wozu ein Gespräch mit Manon das beste Mittel bot. Sie nahm daher diese bei der Hand, führte sie von ihrem Fensterplatz her an den Kaffeetisch zurück und sagte, während sie sie neben sich auf eine Fußbank niederzog: "Es muß nun doch vieles anders werden mit uns und auch mit dir, Manon. Du bist, mein lieber Schelm, am weitesten ab vom rechten Wege. Wie denkst du nun eigentlich hinsichtlich deiner Zukunft?"

"Zukunft? – Ach, du meinst heiraten?"

"Ja, das vielleicht auch. Aber zunächst meine ich hinsichtlich deines Umgangs, deines gesellschaftlichen Verkehrs. Wie denkst du darüber?"

"Nun geradeso wie früher. Mein Verkehr bleibt, wie er ist."

"Das solltest du doch überlegen."

"Überlegen? Ich bitte dich... Ich möchte wohl das Gesicht des alten Bartenstein sehen, wenn ich mich, angesichts meiner zweihundert Taler Zinsen, plötzlich auf meinen alten Adel besönne. Wenn es mehr wäre, verzieh er mir's vielleicht. Aber..."

"Also alles beim alten?"

"Ja. Und nun gar heiraten! So dumme Gedanken dürfen wir doch nicht haben; wir bleiben eben arme Mädchen. Aber Mama wird besser gepflegt werden, und Leo braucht nicht nach dem Äquator. Denn ich denke mir, seine Schulden werden nun wohl bezahlt werden können, ohne Blumenthals und selbst ohne Flora. Flora selbst aber bleibt meine Freundin. Das ist das, was *ich* haben will. Und so leben wir glücklich und zufrieden weiter, bis Wendelin und Leo etwas Ordentliches geworden sind und wir wieder ein paar andre Größen haben als den Sohrschen und den Hochkircher."

"Du vergißt einen dritten, deinen Vater", sagte die Majorin, in der sich bei dieser Übergehung zum erstenmal das Poggenpuhlsche regte.

"Ja, meinen Vater, den hatt ich vergessen. Sonderbar. Väter werden fast immer vergessen. Ich werde mit Flora darüber sprechen. Die sagte auch mal so was."